JN208799

高野新笠の生涯

闇に浮かぶ虹

牛尾日秀

みずすまし舎

装丁／design POOL（北里俊明・田中智子）

はじめに

あをによし　寧楽の都は　咲く花の　にほふがごとく　今盛りなり　（『万葉集』）

小野老の和歌である。心地よい古都の春が目にうかぶが、この歌が詠まれた前年には「長屋王の変」が起こっている。天平の万葉歌人にはあまり関係がなかったのかもしれない。奈良の都はずっと皇位継承をめぐる政争に彩られていた。

本書は、その奈良期を懸命に生き抜いた「高野新笠」という人物の生涯をつづったものである。彼女は百済人の血を引く女性であったが、夫を光仁天皇として、長男を桓武天皇として世に送り出した。出自の記録としては次のようにある。

皇太后の姓は和氏、諱は新笠、贈正一位の乙継の女なり。母は贈正一位の大枝朝臣
真妹なり。后の祖先は百済の武寧王の子の純陁太子より出ず

（『続日本紀』延暦九年正月十四日条）

続いて、「皇后の容徳は淑茂にして、夙に聲譽を著しぬ」と記されていることから、若いころから徳にすぐれ、容姿上品で麗しい女性として評判が高かったようである。私が彼女の存在を知ったきっかけは、天皇陛下の「おことば」にあった。

「私自身としては、桓武天皇の生母が百済の武寧王の子孫であると『続日本紀』に記されていることに、韓国とのゆかりを感じています」

（「朝日新聞」二〇〇一年十二月二十三日付）

ちょうど日本と韓国の青少年の仏教交流の仕事にたずさわるようになったこともあって、両国の歴史を追ううちに、彼女の存在がうかび上った。

桓武天皇は、京都に中央集権国家として一千年の都を築いた天皇であるが、その生母が百済人の子孫であったことは目から鱗であった。長く偏見を浴びてきた朝鮮であったので、

歴史の隅に置き去りにされてきたのかもしれない。

彼女は百済からの帰化人六世であった。先祖が日本に土着して約二百年が過ぎていた。生まれ育ったのは、平城京から三里ほど南に下った大和国平群郡斑鳩（現・奈良県生駒郡斑鳩町）というから、法隆寺に近い場所のようである。

この地は京都とちがって、今でも日本の原風景のような空気がただよっている。だが、北の平城京は政争の場であった。美しい和歌と血なまぐさい権力闘争の不釣り合いには戸惑うものがある。

彼女は本来ならば、斑鳩の地で名もなく生涯を閉じた人にちがいないが、たまたま皇族の妻になった。いったん別れて暮らしたけれども、時代がそれを許さなかった。

運命というのはふしぎなもので、それまで異端皇族のひとりであった夫の白壁王が栄進を遂げていく一方、日陰の人生を送っていた彼女は周囲の皇族たちの失脚によって「皇太夫人」という高位に引き上げられた。だが、結果的に皇位を継承した長男の山部（桓武天皇）と、その皇太子であった次男の早良の間に確執が生じ、その結末として早良は死んだ。

この悲劇について、これまでの歴史書はふたりの政治的対立を中心に説明しているが、私は母としての新笠の視点から考えてみることにした。

本書の執筆に当たって、彼女の気持ちを把握しようと、いろいろな文献を渉猟したものの、本人に関する具体的な史料はあまりなかった。ただ、当時の歴史書、光仁や桓武の生い立ち、彼らの性格や行動等々を考慮すると、おぼろげながらも高野新笠という女性の輪郭がクローズアップされてきた。

権力闘争の世にあって、彼女は何を思いながら七十九年の生涯を閉じたのか——。

そのことを追跡しながら本書を展開していきたい。なお、本書に関する系図、地図、年表などを文中や末尾に収めているので、これを参考にしながら読み進めていただければわかりやすいと思う。

令和元年五月一日

著　者

高野新笠の生涯

闇に浮かぶ虹◆目次

桓武天皇生母・高野新笠の陵墓（京都市西京区・著者写す）

闇に浮かぶ虹

高野新笠の生涯

出逢い

大和国（現・奈良県付近）は西の生駒山、金剛山、東の笠置山にかこまれ、野がひろい静かな盆地である。ここに都が造られたのは、この地が敵を防ぐにふさわしい天然の要害であったからであろう。

ヤマト王権のころから祭祀されている天照大神は伊勢にある。飛鳥京や藤原京、あるいは平城京の天皇は身を挺して伊勢の地を守らなければならなかった。その点、大和国ならば、唐や新羅などの外敵を瀬戸内海に誘い込み、生駒、葛城山系を楯にして大和川の上流から戦うことができる。

また、この地域は富をもたらす場所でもあった。宇陀という場所では寺院建築に用いる丹の原料の水銀、武具や農機具の原料である砂鉄などの鉱物が採れ、豊饒の大地は食の恵みをもたらし、張りめぐらされた大和川、淀川、紀ノ川などの河川は茅渟の海（現・大阪湾）につながる物流の拠点でもあった。

おそらく天皇や豪族たちは川の上流に領地を求めたことであろう。上流は美しく柔らかい水が得られる。下流は洪水の恐れもあれば、水もきれいではない。しかし、大和国平群郡斑鳩にある新笠の家は富雄川の下流にあった。平群郡には竜田川や佐保川、富雄川など十七本もの河川が大和川に注いでいる。大雨が降ると、最大の水量をもつ竜田川が大和川の流れを堰き止めるため、斑鳩の里はしばしば氾濫に悩まされた。

乙継は口をへの字に曲げて、西の信貴山にかかる雨雲をにらんだ。斑鳩の里は梅雨に入って、いきなり水甕をひっくり返したような雨に見舞われた。ようやく雨はあがったものの、いつまた降り出すかわからない。富雄川の氾濫が案じられた。折しも新笠の家の水甕にはほとんど飲み水が残っていない。汲みに行くなら降りやんだ今しかなかった。

「わしが行く」

と、乙継は言うが、餌の桑の葉が悪いのか、元気がない蚕の世話で、ほとんど寝ていなかった。

「そんなふらふらで汲めますかいな」

と、妻の真妹が気づかった。

「うちが汲みに行く」

と、新笠が名のり出た。力を要する水汲みは乙継の仕事で、これまでやったことがない。

真姝は目を丸くしてきく。

「だいじょうぶ?」

「もう十七。できぬことはない」

そう笑って新笠が納屋から水桶を運ぶと、木戸口で真姝が天秤棒の担ぎ方を教えた。

「そうそう、つりあうように真ん中に肩をもってきたらええ」

家の奥から乙継が叫ぶ。

「すべらんよう気いつけや」

天秤棒を背負って階段を上下するのは容易ではない。しかも足場はぬかるんでいる。昨日も村びとが足を取られて川に流されたばかりだ。

「無理せんでええで。水は少なめでええから」

と、真姝は見送った。

新笠の不安は蚕にあった。蚕が元気にならないと光沢のある生糸が取れず、死んでしまえば自分たちが食べていけない。

畑を横切って少しひろい野原に出ると、馬のいななきがきこえてきた。見ると鹿毛色(かげいろ)の一頭の馬が木につながれている。このところ村に人さらいが出没していて、米俵(こめだわら)に子どもを放り込んで馬で連れ去るという噂があった。

辺りを見回しても人の姿はなく、新笠は恐るおそる沢に下っていった。が、濁り水を避けようとして足をすくわれそうになった。

「おっと」

不意に何者かに腰帯を引かれた。ふり返ると涼やかな目元をした若者が立っていた。

「ここはあぶない。汲んであげよう」

「まさか人さらい？」

と、新笠は身がまえた。

「人ぎきの悪いことを言うな。涼みに来ただけのことだ。さあ」

と、なおも若者は手を差し出す。悪人のようには見えないし米俵も持っていないが、うまいことを言って自分をさらうつもりかもしれないと思った。

「よけいなお世話です。放っといてください！」

「……おお、こわ」

と、若者はあきれたように肩をすくめた。

（こわいのはこっち……）

と言いそうになったが、馬にまたがり、どこかに去っていく後ろ姿を見て、人さらいでなかったとするなら、お礼を言うべきであったと、新笠は少し後悔した。

翌日から空が晴れると、心配していた蚕も少しずつ桑を食べるようになった。梅雨の蒸し暑さを嫌がっていたのかもしれない。蚕が復調すると乙継もしだいに元気になった。だが、こんどは馬の食欲がなくなっている。

「明日、薬をもらいに行く」

と、乙継は言った。

乙継の従弟にあたる和真人(やまとのまひと)は、官道(かんどう)を往来する役人の馬を飼育する駅戸(えきこ)の駅長を務めている。馬の病気に詳しく薬も持っている。

「おまえも来るか」

と、乙継は新笠に声をかけた。

翌朝、新笠は乙継と二里の道を歩んで平城京をめざした。平城京は東西約六キロ、南北約五キロの都である。羅城門(らじょうもん)をくぐって入った朱雀大路(すざくおおじ)は幅七十四メートル、長さ三・六キロにおよぶ堂々たる都の目抜き通りであった。

遠くにかすむ朱雀門の奥には、聖武(しょうむ)天皇と光明(こうみょう)皇后の住まいである内裏(だいり)、天皇が儀式をおこなったり、外国使節と面会したりする大極殿(だいごくでん)、貴族や官吏(かんり)に勅(ちょく)を下す朝堂院(ちょうどういん)、そし

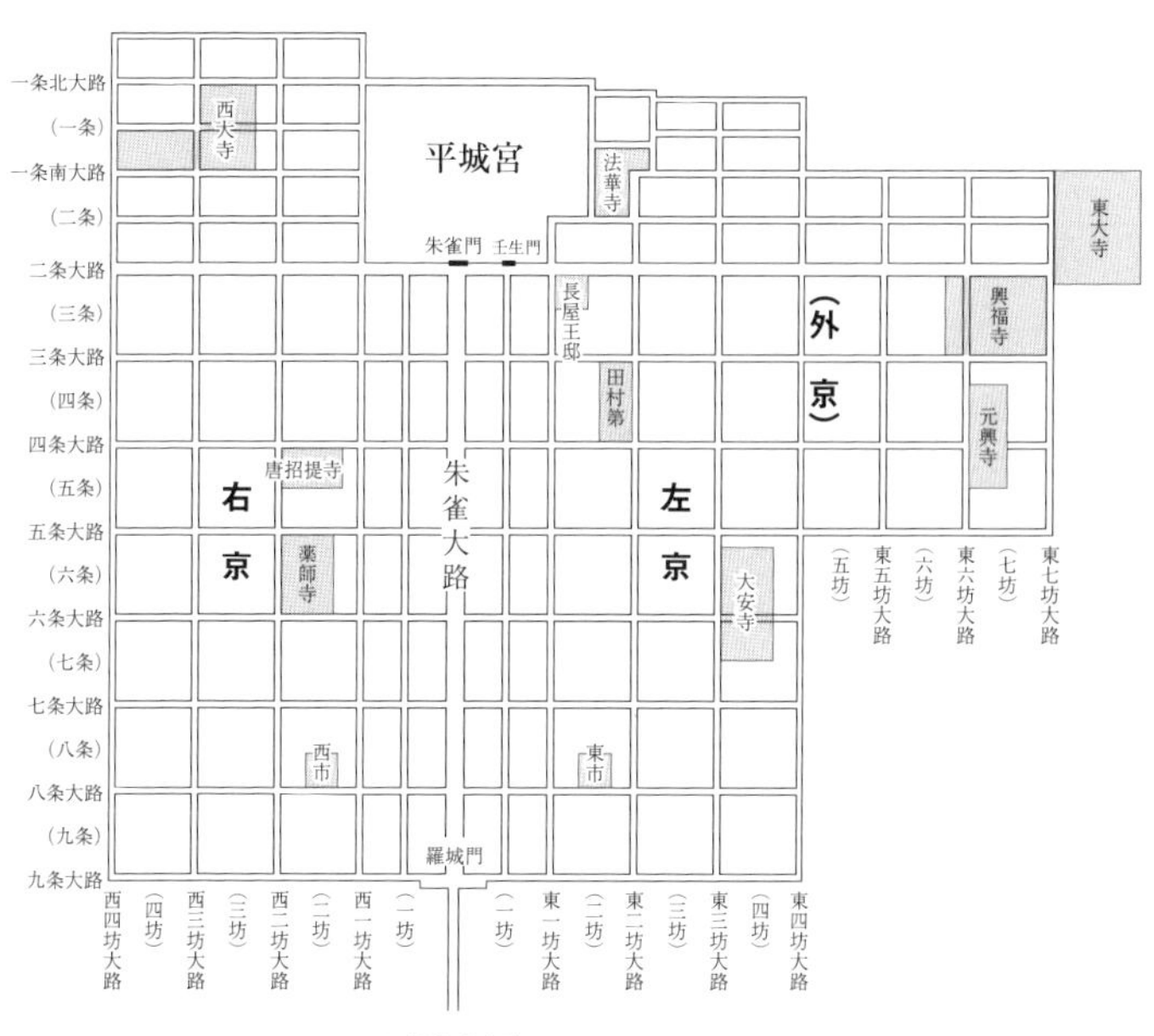

平城京図

て官吏たちが執務をする二官八省の官衙があった。

一方、朱雀門と羅城門を結ぶ朱雀大路の左右には、皇族や貴族、中級官吏の屋敷、大寺院が軒をならべている。外国から訪れる使節団は、筑紫国（現・福岡県付近）の鴻臚館でしばらく待機し、朝廷の許可を待って海路と陸行の果てにこの羅城門をくぐり、朱雀大路を一直線に進んで平城宮・大極殿で天皇と謁見するのである。

朱雀大路を少し進むと、左右に京下五万の都人のために二つの市場があった。月の前半は左京八条二坊の東市、後半は右京八条二坊の西市が開催され、この日に開かれていた西市では貴族の下働きや奴婢たち、そして人びとが買い物をしていた。

「若狭のアワビはいらんかあ」

「伊勢の海藻はうまいよー」

「このフグ、えらい大きいのう」

騒々しい西市を横目にしながら、乙継は吹き出る汗をぬぐう。

「真人の家はこの先、もう少しや」

だが、新笠は首を横にふる。

「今日は買いたいもんがあるから付いて行かへん」

「あほなこと言うな！」

このところの物価の高騰で、都に盗賊が出没しているという。

「あとで買ってやる。付いて来い」

「たまにはひとりで見て回らせて」

言い出したらきかない新笠に乙継は眉をひそめるが、新笠にとってせっかちな乙継とは買い物など楽しめないのである。

「……ほんなら、知らん者から声かけられても黙ってろよ」

と、仕方なさそうに言った。

「なんぼいる?」

「一文」

「ほれ」

と、新笠は手のひらに銅銭を受け取った。

別れ際に乙継は念を押す。

「すぐ戻るから、あの入り口の柳の下で待っとけ」

「わかった」

新笠は市場を回って髪飾りを買い求めると、約束どおり朱雀大路の柳の下で乙継の帰りを待った。

(それにしても遅いなあ……)

約束の時刻はとうに過ぎているというのに、乙継は戻ってこない。やがて西風が吹きはじめると、大粒の雨がぽつりぽつりと落ちてきた。新笠は柳の幹のそばに寄ったが、枝から滴り落ちる雨で服が濡れはじめるようになった。

そのとき、ひとりの若者が木陰に飛び込んできた。

「ふう、急に降り出したな」

と、上着の水滴を払った。

顔を見ると、沢で会った若者である。

「あ、……あの折は、ありがとうござりました」

「おお、あのときの娘御（むすめご）。あれから無事に水は運べたか？」

と、笑ってきく。

「どうにか……」

「それはよかった。それにしてもここで再会するとは奇遇なことだ」

若者が「白壁王（しらかべおう）」と名のると、新笠も「和新笠（やまとのにいがさ）」と名前を告げた。

「和？　ならば百済（くだら）のお人か……」

と、白壁王が話しかけようとしたところで、乙継が馬を引いて戻ってきた。

「つい、話が長うなってしもた」

そう言って白壁王に目を向ける。

「うぬっ？　このお人は？」

と、訝（いぶか）しげに見た。

「先日、沢で足をすべらせたときに助けてくださったお方」

「ほう、……それはかたじけない」

と、乙継は頭を下げたが、それ以上の話はつづけず新笠を促す。

「さあ、帰るぞ!」

軽く会釈してから新笠は後ろに付いて行く。こんな無骨な父が快活な母とどうして一緒になったのか、新笠は改めてふしぎに思った。


新笠の母は「土師真妹(はじのまいも)」といった。「土師」というのは古墳造成や土器製作に当たった職能集団の呼称である。もともと本拠地は出雲国(いずものくに)であった。出雲国はヤマト王権に国を譲ったものの、その交換条件として出雲大社を建立(こんりゅう)させるなど、大国主命(おおくにぬしのみこと)の氏子(うじこ)としての誇りをもっていた。だが、都の周辺で天皇家の古墳造成が盛んになると、下級官吏として、山陵(さんりょう)の築造や葬儀の儀典に従事するようになった。

その後、土師一族は血筋をひろげ、山背国(やましろのくに)の大江氏、大和国の菅原氏、秋篠氏などの四系統を形成する。真妹の一族は大江系に当たり、河内国の百舌鳥(もず)地方(現・大阪府藤井寺市一帯)出身であったが、築陵の風習がすたれてきたため、真妹は数世帯の親戚とともに斑鳩一帯に移住した。

土師一族の大先祖の野見宿禰(のみのすくね)は垂仁(すいにん)天皇の皇后の崩御(ほうぎょ)に際して、殉死の風習を改めさせたという。黄泉路(よみじ)の旅のさみしさから霊が友を引く、つまり「友引き」の不幸をなくすために、墳墓のなかに埴輪を埋めることを進言した。その影響を受けてか、真姝は霊魂の存在、死後の世界の実在を信じる信仰深い性格であった。

一方、父の和乙継は、第二十五代百済王・武寧王の末裔を称していた。乙継は日本に土着して六代を経ている。若いころは平城京の下級官吏として文書編纂の仕事にたずさわっていた。

和氏一族の本拠地は王寺（現・奈良県北葛城郡王寺町）一帯である。この地が真姝の住む斑鳩に近かったことから、ふたりは出逢った。

真姝と結ばれると乙継は平城宮の官吏を辞し、母系社会の風潮にのって真姝の家に移り住み、斑鳩の里で養蚕や畑仕事に汗をながしながら一家の糊口をしのいできた。昔から新笠は、乙継から蓑ほどのひろさの畔に坐らせられ、口分田として与えられた二反ほどの湿地のなかに腰までつかって苗を植える様子を見てきた。酒も呑まず真面目に働く乙継のことが真姝は好きだった。

乙継が偏屈で頑固な性格になったのは、下級官吏時代、都で百済からの帰化人という軽蔑を受けてきたからである。また、親類を唐と新羅の連合軍によって殺された心の傷もあった。

「血も涙もない唐や新羅にはいずれ天罰が下るであろう」

新笠は「天罰」という言葉をどれほどきかされてきたかわからない。新笠も百済復興の時を待っていた。だが、新笠には暗さはない。明るい気性の真姝の血が濃いためか、朗らかで開放的な性格であった。また、文書編纂にたずさわっていた乙継の気質を受けて几帳面でもあった。しかも歳は十七。色白で端正な顔立ちから村一番の美人と評されていた。

白壁王が新笠と最初に出逢ったのは、大和川の南にある馬見丘陵の牧野に放牧されていた馬を見に来た途中のことであるが、この出逢いをきっかけとして、白壁王は都からたびたび斑鳩の里を訪ねてきた。一目惚れして新笠のことが忘れられなくなっていたこともあったが、乙継と語り合いたいという気持ちもあった。

「私の祖父の天智天皇は百済とは深い関係にありました」

と、白壁王は百済の話から切り出した。

「しかし百済は敗れたのです。負ければ意味がありませぬ」

と、乙継はさらりと言った。

百済が滅んでしばらくして、朝鮮半島で王族や遺臣たちの百済復興運動が起こると、それを好機と見た天智天皇は、二万の兵を派遣して唐・新羅の連合軍と戦った。だが、海戦、陸戦の双方で敗れたあげく、朝鮮半島西岸の白村江で日本軍船四百隻を燃やされ、百済から撤収した。天智天皇二年（六六三）八月の出来事である。その五年後には、高句麗も唐・新羅の連合軍に敗れたため、朝鮮半島は新羅に統一されている。百済滅亡からすでに七十年の歳月がながれてしまっていた。

「もう昔のことでござりますから……」

と、乙継は大きなため息を吐く。

「いいえ、まだあきらめる必要はありませぬ……」

と、白壁王は励ました。

白壁王の父の志貴親王は天智の第六皇子である。天智は若いころ中大兄皇子と称していたが、中臣鎌足（藤原鎌足）らとともに、権勢をほしいままにしていた蘇我入鹿を誅殺すると「改新の詔」の発布をたすけ、天皇を中心とする律令制による法治国家の道をひらいた後、母の斉明天皇から皇位を継承した。

しかし、白村江の戦いに敗れると、飛鳥浄御原宮から琵琶湖近くの近江大津宮へ都を遷す。そして自分の死期が迫ると、弟の大海人皇太子を枕辺に呼び寄せ、皇位を自分の嫡子の大友に譲る意思をつたえた。本来ならば天皇となるべきであったが、同意しないと逆鱗にふれると考えた大海人はこれに妥協し、自らは出家を申し出て吉野宮（現・奈良県吉野郡）に隠棲した。

ところが、天智が崩御して半年後の天武元年（六七二）、大海人は大友に対して反旗を翻した。この「壬申の乱」と呼ばれる戦いに勝利した大海人は、都を飛鳥浄御原宮へ戻して天武天皇として即位すると、天智の遺児たちを吉野にあつめて謀反を起こさない条件で命を助ける。この「吉野の誓い」以後、志貴は歌人として人生を送ることになった。

石走る　垂水の上の　さわらびの　萌え出づる春に　なりにけるかも　（『万葉集』）

いかにものどかな歌ではあるが、風流なのは志貴だけのことで、白壁王としては不遇な幼青年期を送らざるを得なくなった。

白壁王には春日、湯原、榎井、壱志などたくさんの兄弟がいた。白壁王は側室の紀橡姫の子であり、難波という姉がいたが、母の記憶はない。橡姫は白壁王を産むと命を引き換えるように亡くなったのである。そして白壁王が八歳のときには父の志貴も死んでしまう。そのため白壁王は姉とともに母方の親戚に預けられて育った。

ただ、志貴の姉であった讃良は壬申の乱が終結すると、天武から皇后に迎えられていた。父や弟を裏切った憎むべき叔父というのに、讃良は天武を愛し、政の助言をした。その天武が崩御すると讃良は持統天皇として即位し、都を藤原宮に遷した。

やがて持統は、妹の阿閇皇女が産んだ文武天皇に譲位すると、後見人として君臨したが、文武が十五歳で崩御したため、阿閇を元明天皇として皇位を継がさせた。次に元明の皇女であった元正、その後は文武の子の聖武へと引き継がれた。

よって、そのころの白壁王は、「持統」、「文武」、「元明」、「元正」、「聖武」と、五十六年にわたる天武系皇統の威光の陰にかき消され、「異端皇族」、「廃れ皇子」と揶揄され、官位も官職も与えられず、朝廷から無視されていた。

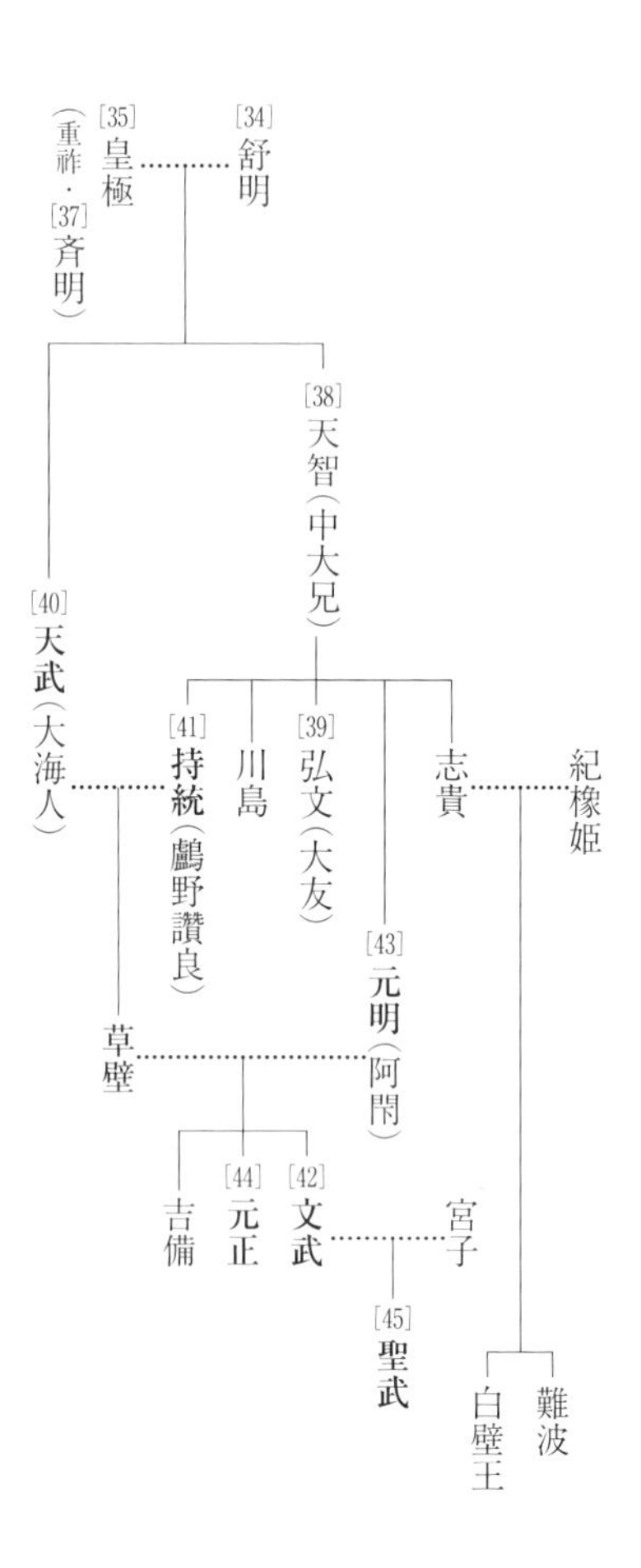

舒明から聖武に至る皇統
（太字は天武系の天皇）

ある日、白壁王はそんな自分の過去を、陽だまりの草の上に坐って正直に打ち明けた。

「ところで、白壁王さまは最近よく斑鳩においでになりますな？」

と、乙継はきく。

「牧野に馬を見に来るのが楽しみなのです」

「馬を見るために都からここまで？」

と、乙継はあきれた顔をする。

しかし、ここからながれが変わる。新笠は好意をもたれていることを知ると、ひそかに白壁王と逢瀬を重ねるようになる。その噂が斑鳩の土師一族の村びとにつたわり、乙継は一転して苦い顔になった。自分は百済出身という負い目もあって、土師一族に蔑まれないよう万事控えめにふるまってきたというのに、周囲の目など気にもかけない新笠の奔放ぶりに腹が立った。

それからしばらくして白壁王から頭を下げられた。

「新笠どのを妻にいただけませぬか」

「……やはり、そうでしたか」

乙継は不機嫌な顔をした。

「なりませぬか」

「妻といってもどうせ下女でござりましょう」

と、乙継はにべもなく断った。

そのころの時代は一夫多妻制である。若い貴族たちは地方にまで足を延ばして好みの女性をあつめ、遊び女や下女にさせていた。この風習は天皇が皇室の繁栄のために「采女」をたくさんあつめていたことから起こったのだが、貴族の場合は正室ができるとほとんど捨てられていた。

百済人が多いこの斑鳩の地なら偏見の目で見られることもないが、都人は百済人を差別する。下級官吏の時代に嫌というほど憂き目を味わってきた乙継にはとうてい容認しかねることであった。

「もうこれ以上、会わないでいただきたい」

そして怒りの矛先は新笠にも向かう。

「おまえも恥さらしのような真似はやめよ!」

しかし、新笠は白壁王に因縁のめぐりを感じていた。皇族であれば百済の再生のために力を貸してくれるかもしれない、と考えるのである。

「もう子どもやない。それにうちなりの考えもある」

と、新笠は乙継に逆らう。

「えらそうなことを言うな！」

と、乙継は手ぬぐいを投げつける。

だが、乙継が寝所に入ってから、真姝が助け船を出してくれた。

「あんた、好きなんやな？」

「好きや」

「捨てられるかもしれへんで」

「それでもええ」

「あんたを好いてる若者はこの村にもいっぱいいる。白壁王さまとの逢い引きの噂をきいて虫万呂（むしまろ）も真首（まくび）も嫁にほしいと言いだしている。この村におれば貧しくても平穏な暮らしはできる。それでも白壁王さまのもとに行きたいか？」

「あのお方に百済再生の夢を賭けてみたい」

「……わかった。どうせ結ばれるなら好きな人がええ。お父さんを説得してあげるから、思い切って都へ行きなさい」

こうして新笠は白壁王の妻になった。

夫婦の縁というのはふしぎなものである。結ばれるべき男と女は生まれる前から決まっていて、「月下（げっか）」という老人が、あの世とこの世を行ったり来たりしながら、赤い糸の入った袋を抱えて地上に下り、男女の足首を結んで回るという。その糸によってふたりはつながれていたのだろうか。新笠自身、この出逢いが波乱万丈の幕開けになろうとは夢にも思っていなかった。

天平の光景

それから五年――。

都に出た新笠は白壁王の身の周りを手伝っていた。天と地ほどの身分の差だというのに、白壁王は威張りも叱りもしなかったので、新笠は素直に自分を出すことができた。時々、義姉の難波が白壁王の家に泊まりに来ていたが、その命令口調もあまり気にはならなかった。

新笠は百済人としての誇りをもっている。百済氏族は倭人（わじん）が及ばない築城法や灌漑用水（かんがいようすい）法（ほう）などの高度な土木技術を有している。文化、風習のちがいで軽蔑する難波のことが幼児のわがままのように思えた。

そして新笠は白壁王の家で暮らすうちに十九で長女の能登（のと）を、二十三で長男の山部（やまべ）を産む。この山部が後の桓武（かんむ）天皇となるのである。

ふたりの子の母となった新笠の暮らしは平凡であったが、いくつかの悩みがあった。白壁王が無位無冠であったことから生活が苦しくなりつつあった。

ところが、天平九年（七三七）八月、「従四位下」という官位を蔭叙されるという朗報が白壁王のもとに飛び込んできた。律令で定められていた官位には、上は正一位から下は少初位まで、「正」、「従」合わせて三十階の位階があった。一般的に五位以上が正式な貴族と見なされていたことから、従四位下の白壁王はその一員になった。二十九歳での蔭叙は遅い部類であったが、京内の住居である「京戸」と二十町の「位田」をもらったため、どうにか生活の不安は解消した。

白壁王は苦笑いしながら言う。

「このところの疫病によって、皇族や貴族たちが次々に亡くなっている。皇族確保のための緊急措置であろうが、私にとってはありがたいことだ」

この疫病も新笠にとって不安の一つであった。これは「エヤミ」、「トキノケ」と呼ばれていて、いわゆる「天然痘」のことである。この疫病は全身にひろがる発疹が血便や嘔吐、高熱を引き起こし、老若男女、相手かまわず命を奪っていった。全国に伝染していたため、朝廷は沐浴による予防法や食事療法などを布告していたが、一向に終息する気配がなかった。

（もし、能登や山部が罹ったら……）

と、新笠は気が気ではない。その不安は白壁王自身にもあった。

「こっちもいつ斃れるかもしれぬな」

そう言いながら白壁王はかたい塩のかけらを舐めながら、酒粕を湯に溶いた糟湯酒をいつも胃袋にながし込んでいる。朝廷から禁酒令は出ていたが、酒好きの白壁王には友人の藤原宿奈麻呂からの差し入れを拒む理由がないのである。

「エヤミさまも酔って逃げ出されることでしょう」

と、新笠は笑う。

しばらくすると白壁王は朝廷から官職を与えられた。聖武天皇のそばに侍って外国の賓客の接待を取り仕切る仕事である。

平城宮の朝は早かった。陽が昇る二十分前から太鼓が鳴り響くとかがり火が消され、羅城門、朱雀門、壬生門などのありとあらゆる門がいっせいに開かれる。開門の太鼓が打ち鳴らされる時間は正確を期すために陰陽寮の漏刻博士が監視した。そしてふたたび鳴りはじめる太鼓の音を合図に、朝堂院と大極殿の門が開かれる。ここで約一万人の官吏たちが続々と平城宮に入ってくる。

「朝廷」の字義は、野原に昇る朝日を見るように、臣下が日の出とともに朝堂院に出向いて天皇に拝謁し政務に就く場所を表している。また、天皇が政務をおこなう「大極殿」の「大極」は、万物の根源、天空の中心たる北極星を意味している。歴代の天皇は中国の政治思想に習って、国家を支配する中心として大極殿を建て、天帝に代わって政務をおこなうのである。

ただ、官吏たちは午前中のうちに仕事を終えて、昼には家に帰ることが許されていた。この慣例に従って白壁王も朝早く出仕していたが、接待官という仕事は名誉職のようなものので、実質的な責任も権限もあるわけではなかった。午前中に宮中を下ると、相変わらずゆったりしている。

「食っていければいい」

と、白壁王は不満は漏らさない。「廃れ皇子」の自分が破格の栄進を遂げたのだから、十分に満足していた。

しかし新笠の考えはちがった。白壁王は歴史に精通し、この国の外交問題や蝦夷対策、農地政策など未来への展望をもっている。そして夜遅くまで学問に励む勤勉さもあった。温厚な性格の上に頭が良い白壁王がこのまま終わってしまうのが口惜しいのである。

すべては朝廷の采配、政策下に置かれていたのでどうにもならないし、口に出すのも憚られたが、百済再生の夢を叶えてほしいという気持ちもあった。

ある日の昼下がり、新笠は白壁王の資人(しじん)のひとりをともなって東市(ひがしのいち)に向かった。朱雀大路を曲がろうとしていると、白壁王とばったり出くわした。

「買い物か？」

「夕餉(ゆうげ)の支度でございます」

「そうか、では一緒にまいろう」

「皇族がこのような場所に入られてはなりませぬ」

「かまわぬ。明後日、渤海(ぼっかい)の高官たちが朝貢(ちょうこう)に来る。慇懃(いんぎん)に接待をしなければならぬとのお達しだ。どんな食材が売られているのか、市の中をのぞきに来たのだ」

渤海とは、朝鮮半島北部、新羅の北にある国家のことである。渤海は反新羅であったことから、歓待して帰す責任が白壁王にはあった。

そのとき、三人の横を役人がばたばたと走り抜けていった。

「京職(きょうしき)だ。なにかあったな」

京職とは京下の治安を司る刑部省(ぎょうぶしょう)の役人のことである。ところが、その瞬間大きな悲鳴がきこえてくると、何かがガラガラと崩れ落ちる音がした。すぐに市場の角を曲がると、店が屋根ごとつぶされていた。その前の路上には稲穂の束や野菜などが散らばり、数名の男たちが役人に取り押さえられている。

「どうやら盗賊のようです」

「そのようだな」

そのうちに野次馬たちが続々あつまってくると、ふたりはたちまち前へ押し出された。

「ええい、下がれ、下がれ！」

役人たちは警棒で野次馬を押し戻そうとするが、下がろうにも下がれない。すると野次馬が横から甲高い声で役人にきいた。

「お役人さま、こやつら、なにをしでかしたのでございますか？」

「盗みじゃ」

「なにを盗んだので……」

「まだわからぬ。いいからもっと下がれ！」

そのとき両手を縛られた盗賊のひとりが、上役らしき役人に向かって言った。

「おい黒麻呂。そなたは化け方がうまいのう。『朝衣朝冠をもって塗炭に座するがごとし』とは、そなたのような悪人のことをいうのだ！」

表面では朝廷の礼服・礼冠をつけていながら、裏では泥や炭の上に坐るように汚いことをする官吏のことを意味していた。痘痕顔で吊り上がった目つきの黒麻呂はどう見ても善人の顔つきではない。むしろ盗賊のほうが美しい目をしている。だが、それをきくと黒麻呂はつかつかと歩み寄ってきて、

「いったい誰さまに向かって！」

と、いきなり右足で蹴飛ばした。盗賊が地面にもんどり打って倒れると、新笠のすぐ横にいた八、九歳くらいの少女があわてて飛び出し、その盗賊にすがりついた。

「すまぬ。さらばじゃ、そなたは生き抜くのじゃ……」

と、少女にささやく声がした。

なおも黒麻呂は鬼のような薄笑いをうかべてふたたび蹴ろうとしたが、蹴り損ねた足が少女に当たり、地べたに飛ばされた少女の膝からたちまち血が噴き出た。新笠はあわてて駆け寄ろうとしたが、白壁王から強く袖を引かれた。

「やめよ、関わり合わぬほうがいい」

と言わんばかりに白壁王は首を横にふる。

やがて盗賊たちが縄でしばり上げられると、

「立て！」

と、五人が数珠つなぎになって刑部省へ引っ張られていった。

「この罰当たりめ！」

「すぐに処刑にしろ！」

連行されていく盗賊たちに石を投げながら野次馬が付いて行くと、少女だけが路上にぽつんと取り残されて泣き崩れていた。

「行きます！」

新笠は摑まれた袖をふり払って少女に駆け寄ると、手ぬぐいで手際よく膝の血をふきとった。が、裂けた傷口からはとめどなく血が噴き出てくる。口で手ぬぐいを切り裂いて傷口に巻きつけた。

「白壁王さま、お屋敷へよろしゅうございますか。薬草を塗ります」

ところが、資人に少女をおぶわせたとき黒麻呂が戻ってきた。

「ちょっと待て、その小娘を引き渡せ」

それを無視して通り過ぎようとすると、黒麻呂は両手をひろげて立ちはだかる。

「待て、女！」

と、ギラリと目を光らせて新笠を上から下まで舐めるように見た。

「ふうむ、これは上物（じょうもの）」

と、あざけた笑いをうかべて新笠の手を摑む。

「おやめください！」

と、新笠は手をふり払った。

「さ、逆らうつもりか。来い！」

と、いきり立つと、次々に駆けつけてきた役人たちに取りかこまれてしまった。そのとき、やっと白壁王が出てきた。

「待て、この者は私の妻、この少女は娘だ！」

官服の身なりの白壁王を見て黒麻呂は怯えた顔をした。

「ど、どなたさまで！」

「右大臣の橘諸兄（たちばなのもろえ）どのに尋ねよ。志貴親王の嫡子・白壁王とつたえればわかるであろう」

「右大臣！」

「黒麻呂とか申したな。今日の粗暴を橘どのにつたえる。さすればたちまち五刑（ごけい）の責苦を負うであろう」

五刑には鞭（むち）打たれる「笞（ち）」、太い棒で尻を打つ「杖（じょう）」、懲役の「徒（ず）」、島流しの「流（る）」、絞首、斬首の「死（し）」があった。

「とんだご無礼を……。もういたしませぬから、そればかりは……」

と、黒麻呂は走り去っていった。

東市を出て東二坊大路を曲がると新笠はきいた。

「あなた、いくつ？」

「や、八つ……」

少女はまだ泣きじゃくっている。

「そう。八歳……。ここまで来れば心配はいりませぬ。もう泣かなくていいのよ」

「よい、よい、泣きたいときは泣くがよい……」

と、白壁王は少女をなだめる。やがて左京五条二坊の白壁王の屋敷にたどり着いた。

「さあ、もう安心していいぞ」

資人が井戸端に少女を下ろすと新笠は膝の手ぬぐいを解き、手桶で傷口を洗い流した。

そこへ母の真妹が山部を抱き、能登の手を引いて出てくる。真妹は孫守(まごもり)のために時々、都に上ってきてくれていた。

「おや、その娘御は？」

「ちょっとしたことがあって。あとでゆっくり話すから」

一方の白壁王は山部の頭をなでる。

「泣かなかったか？」

「利口にしていましたよ。ね？」

と、真姝は山部の顔をのぞき込む。

「そうか、そうか」

と、白壁王は嬉しそうに山部を抱きとったが、その光景をうらやましそうに眺める少女を見て、急に表情を変えた。八歳といえば白壁王が父の志貴を失ったときである。白壁王はつらかった当時を思い出しているように見えた。

「さあ、中に入るぞ」

資人に少女を背負わせて家の中に連れていくと、新笠は傷口に薬草を塗りながらふたたびきく。

「そうそう、まだあなたのお名前をきいておりませんでした。私は新笠といいます。あなたは？」

「……静と申します」

「では、静どの。少し教えてください。あのお方はお父上なのですか？」

「はい」

「お母上は？」

「いませぬ。エヤミさまに罹って亡くなりました……」

「では、お父上だけ？」

「はい……」

「お父上はきれいな目をしておられました。悪いお人には見えませんでした。本当に盗賊なのですか？」

「でも、悪い盗賊ではありませぬ。かわいそうな人にあげていました」

と、涙をながした。

「お仕事は何をなさっていたの？」

「……長屋王さまに仕えていました」

長屋王といえば、かつて聖武天皇のもとで左大臣を務めていた皇族であった。天武の嫡子・高市親王の皇子であったことから皇位継承の資格もあったが、藤原不比等の嫡男たちによって無実の罪をきせられ、自決に追い込まれていた。

長屋王家の資人たちのほとんどは、新たに皇族や高官に召し抱えられていたが、一部には一家離散したり、博奕打ちとなったり、地方に流浪している者もいると、新笠は白壁王からきかされていた。

「つらいことをきいてごめんね。でも、少し傷が深いのでしばらくはここにいなさい」

少女は涙をふきながらうなずいた。

夜がきて真姝が子どもたちを連れて寝所に入ると、白壁王は手酌酒をしながら言う。

「直近、高官の屋敷に忍び込む盗賊が多い。銭を盗んでも自分のためには使わず、貧しい民百姓の家に投げ入れるという」

「なにゆえ、そんなことをするのでしょう?」

「朝廷に仇討ちをしているのだろう」

「捕まったら罰せられましょうに」

「さよう。だからそなたも今日のような真似はやめよ。役人には下手に絡まぬほうがいい」

と、白壁王は眉間にしわを寄せる。

「申し訳ございませぬ。あの子を見捨ててはおけませんでした」

「気持ちはわかる。が、情も正義感も悪徳官吏どもには通じぬ世の中なのだ。この国は天皇を頂点として都に二官八省を置き、税源も確保しているが、朝廷は庶民の苦しみがわかっていない……」

そう言ってから、白壁王は朝廷の実態について語りはじめた。

朝廷の税源は「租庸調」の三つにあった。「租」とは稲のことである。これは各国の役所が置かれている国衙に設けられた正倉に蓄えられ、財源とされていた地方税である。

一方、「庸」とは労働作業などの雑徭（労役）のことである。この労役は地方の国司からも課せられていて、治水工事や国衙の修復などに当たらねばならなかった。それができない者には米や布や塩などを納入することも認められていた。

また、「調」は絹などの繊維製品を納める税である。生産農民のなかから選ばれた運脚夫によって都に運ばれて中央政府の財源となっていた国税である。

そこから皇族、豪族、寺院、官吏たちに封戸が与えられていたが、農業は天候などに左右されるので歳入としては非常に不安定であった。貧しい農民は干ばつや水害に見舞われると、一家が餓死することも少なくない。

よって、朝廷はあつめた米を「種もみ」として農民に貸し出し、利息をつけて返済させる「公出挙」をおこなっていた。一方、豪族や寺院は「私出挙」をおこなっていた。ところが、なかにはひそかに一年で十割の利息を払わせる豪族もいた。

こうしたことから農民は没落したり、逃散したり、一家心中したりしているというのに、貧しい民百姓を待ち受けるかのように賽子賭博が流行。負けた者は夜逃げし、浮浪者となって地方や都にごまんとあふれ、犯罪を取り締まるべき役人のなかには庶民をだましたり、乱暴をはたらいたり、子どもや女性を人買い商人に売る者まで現れている。

なにより新笠が悲しく思ったのは、都の子どもたちのことであった。エヤミで親を失ったふたりの兄弟がいて、兄はなんとかして食物を手に入れようと盗みをはたらいて捕らえられ、そんな兄のことを知らない弟は帰りを待ちわびながら寒さと飢えで死んだという。

「天平という元号なのに闇の世だ」

と、白壁王はため息をつく。

「白壁王さまのお力で、なんとかならぬものでしょうか……」

と、新笠はきいた。

「私か……。私はなにもできぬ。出る幕もない」

と、自嘲気味に酒をあおった。

「いいえ、白壁王さまはこのまま終わられるお方ではありませぬ。きっといつかの日か、朝廷が登用されましょう」

「嬉しいことを言ってくれる。ただ、この闇も間もなく去ろう。聖武天皇は大仏建立を計画なさっておられる。どこか良い場所に大きな仏像を建てて人心の一新を図ろうとされている。近いうちに明るい光が射してくるかもしれぬ」

聖武天皇が仏教を精神軸とすることで、疫病、飢餓、天候の異変、犯罪の悪世を変えようと考えているというのである。

「とにかく、あの子が歩けるようになるまで預かることにする。面倒を見てくれ」

と、白壁王は立ち上がると寝所へ入った。

翌朝、真姝の大きな声で目をさました。

「起きて！　あの子がいない」

新笠はすぐに飛び起きて近所を捜し回ったが、少女を見つけることはできなかった。

盟友

数日して、白壁王の親友の藤原宿奈麻呂（すくなまろ）が訪ねてきた。

「そろそろ宮中から戻ってこられましょう」

と、新笠は中に入るよう促した。

「その前に、今日はうまいものが手に入りましたぞ」

と、酒を渡してから藁縄（わらなわ）につないでいた十枚ほどの干しアワビを腰紐（こしひも）から解こうとするが、なかなか解けない。その仕草に新笠は吹き出した。手で持ってくればすむ話なのに、苦労して腰に巻いている姿を想像するとおかしくてならない。

「なにかおかしゅうございますか？」

宿奈麻呂は太い眉を上げてきく。

「これをお腰に巻いて市中を歩いてこられたのですか？」

「それは下品という意味でございまするか？」

「上品とは申せませぬ」

「ふうむ。だがまあ、こんなふうに産んだのも親の責任。私に罪はありませぬ」

と、宿奈麻呂は豪快に笑う。

宿奈麻呂は白壁王より七歳年下、新笠より二つ下の二十二歳。まだ無位無冠の身であったが、藤原式家・宇合(うまかい)の次男である。宇合はすでに天平九年の疫病でこの世を去り、長男の広嗣(ひろつぐ)も乱を起こして処刑されていたため、宿奈麻呂が藤原式家の家督を継いでいる。だが、がっしりとした体格と太い眉、毛深い顔つきからは山猿のような雰囲気がただよっていて、どう見ても貴族という感じはしない。

「宇合さまは色白で細面のお方でした。お母上の大刀自(おおとじ)さまも美人。それなのに……」

と、新笠は笑う。

今でこそこんなやり取りができる仲になったものの、最初のころは白壁王が宿奈麻呂と付き合うことに抵抗があった。父の乙継(おとつぐ)から藤原一族の粗暴ぶりをきかされていたからである。

「藤の花はかずらを伸ばす。横の木の養分をとり最後は締めつけて殺す。藤原家の藤とは古くからの廷臣(ていしん)を枯らしてしまうカズラのことじゃ。藤原一門はあくどい」

宿奈麻呂の曾祖父の藤原不比等は、その晩年に藤原家を南家、北家、式家、京家の四つの家門に分けると、それぞれ武智麻呂、房前、宇合、麻呂の四人の息子たちを頭領と定めた。彼らは「藤原四卿」と呼ばれて権勢を誇っていた。

しかし、不比等が自分の長女の宮子を文武天皇夫人として送り込み、生まれた首皇子（聖武天皇）に次女の光明子を入内させてからというもの、武力を背景に朝廷の人事に口をはさむようになり、大伴氏、多治比氏、佐伯氏などの旧廷臣たちに絡みついて凋落させていた。

不比等は長屋王とは良好な関係にあったが、不比等が死ぬと藤原四卿は長屋王と対立するようになった。藤原宮子が皇太夫人となることや、その妹の光明子が立后することに長屋王が反対していたからである。

藤原氏といえども一介の臣下。皇族を中心とする「皇親政治」を志向していた長屋王には藤原氏の権勢を抑える必要があった。長屋王の自決事件は冤罪であったのだが、長屋王が死ぬと光明子は皇后に昇格した。皇族以外の者で皇后となったのは光明子が初めてであった。

だが、この四卿も過ぎる天平九年の大疫病に罹って次々に他界してしまっていた。光明皇后の寵愛によって南家・武智麻呂の次男の仲麻呂がかろうじて朝廷の中枢に入ったもの

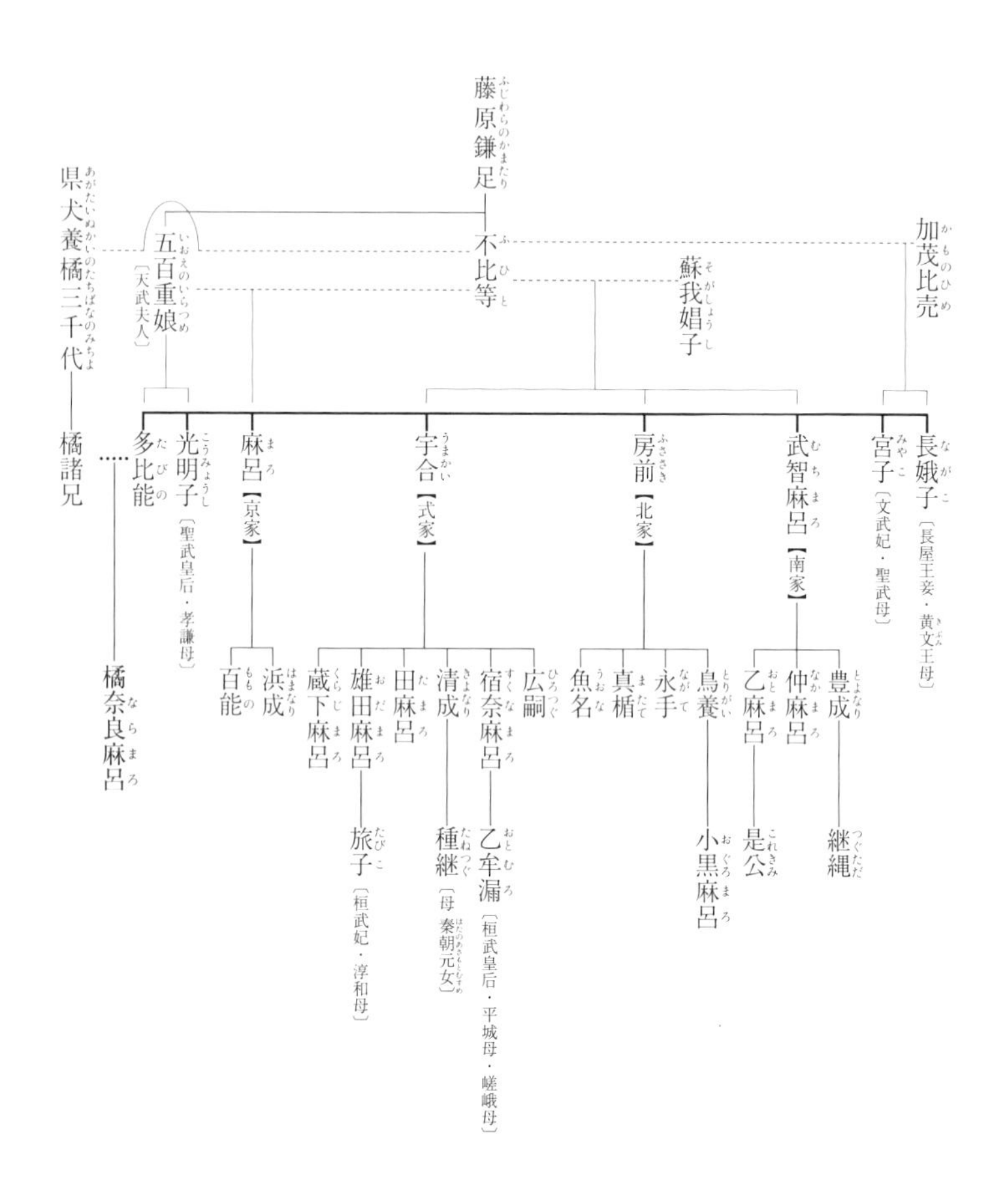

本書に関する藤原氏の略系図

の、藤原四家は完全凋落の状態にあった。

だが、ここ五、六年の付き合いで宿奈麻呂に関するかぎり、藤原家特有の狡猾さや高慢さなどは感じられない。領地で新酒ができれば新酒、魚が手に入ると魚、野菜や鹿肉も届けてくれる義理堅さもあり、約束したことを守る誠実さ、加えて頭の回転が早く、思いやりも度胸もあるように見えた。しかも宿奈麻呂は百済復興論者であった。

（きっといつの日か……）

と、新笠は盟友の宿奈麻呂によって、白壁王が出世することに期待をかけている。


しばらくして白壁王が宮中から戻ってきた。

「さあさあ」

と、新笠は酒とアワビの膳を運んだ。

「宿奈麻呂、いつもかたじけない」

と、白壁王は礼を言う。

「なんの、禁酒令は出ていますが、今日だけは呑みたくて仕方がありませぬ」

そして、宿奈麻呂は杯を上げる前に威儀を正して意外な報告をした。

「じつは、本日はお別れのご挨拶にまかり越したのでございます。明後日からしばらく都を離れます。兄・広嗣の連座責任で伊豆に流罪されることになりました」

「流罪！」

ここで新笠は昨年の秋、九州で反乱を起こし、殺害された宿奈麻呂の兄の藤原広嗣のことを思い出した。広嗣は大宰府の大宰帥(だざいのそち)としての任にあった。大宰帥といえばきこえはよいが、広嗣が乱暴な性格であったために、父の宇合が聖武に相談して大宰府で頭を冷やさせようとしたのである。

大宰府は九州の行政・司法を所管し、唐や新羅などの海外使節を接待する外交の玄関口であり、国境の防備を担い「遠の朝廷(とおのみかど)」と称されている。その最高司令官が謀反を起こしたとあって、朝廷はあわてて大野東人(おおののあずまびと)を大将軍とする一万七千の兵を九州に送った。

一方、筑前国遠賀郡(ちくぜんのくにおんがぐん)に本営を築いた広嗣のもとには大隅国(おおすみのくに)、薩摩国(さつまのくに)、豊後国(ぶんごのくに)などから一万騎が集結し、両軍は板櫃川(いたびつがわ)（現・北九州市）をはさんで対峙(たいじ)した。広嗣軍のなかで最大の勢力をもっていたのは「隼人(はやと)」と呼ばれる兵であったが、都にいた隼人の長老たちが寝返りを促したため、朝廷軍への投降者が相次ぎ、広嗣軍は総崩れになった。

結果、広嗣は逃走中に五島列島の小島で捕らえられ、大宰府に護送される途中、唐津の鏡という場所で処刑された。ちなみに今も鏡神社には藤原広嗣が祀られている。

広嗣は反乱を起こす前に、聖武天皇の右衛士督(うえじのかみ)の吉備真備(きびのまきび)と僧正(そうじょう)・玄昉(げんぼう)の追放を奏上していた。玄昉は朝廷の政策に口をはさみ、大寺院の保護を進言していた。「宿曜」という祈禱密法によって長く病床にあった聖武の母の宮子を治し、聖武と二十六年ぶりの対面を叶えさせたというから、その法力を信じたのだが、一方では、右大臣の橘諸兄が藤原一族の力を削ごうとしていた。

しかし、広嗣の乱の主たる理由は、朝廷の新羅外交政策への不満にあった。橘諸兄と吉備真備のふたりは、天然痘による社会の疲弊を案じ、ひとまず新羅と安定した外交関係を築くことにして、軍事力を縮小する政策をとっていた。百済との緊張関係はあの白村江の戦い以来、約八十年つづいていた。

宿奈麻呂は杯を受けながら説明する。

「父の宇合は新羅に軍事的圧力をかける外交方針を取っていました。兄の広嗣も対新羅強硬論者でした。大宰府にながされた上に、憎らしい新羅使の接待をさせられることに強い屈辱感を抱いておりました」

「そこに、あの侮辱が重なっていたのだろうな」

と、白壁王は言う。侮辱とは、四年前に派遣した遣新羅使の阿部継麻呂が外交使節としての礼遇を新羅から受けなかったことにあった。逆に、天皇に謁見を求める外国の使節団のなかには無礼な言動をはたらく者もあり、筑紫の鴻臚館で放還されることもあった。特に、新羅使は唐の威を借りて高慢な態度をとっていた。新羅の無礼な態度は一度や二度のことではなかった。

そんな広嗣からすると、右大臣・橘諸兄と取り巻きの吉備真備の行動は「弱腰外交」であった。そこで広嗣は吉備真備など聖武の取り巻き連中の更迭を求める上表をしたのだが、朝廷からは何の返事もなかった。

「我が国は万世一系の皇国にございます。そのことに兄は大きな誇りをもっておりました。忠臣中の忠臣でありながら、帝から理解されないさみしさを抱いておりました……」

と、宿奈麻呂は少し涙ぐんだ。しかし、それは天皇への謀反であったために誅殺された。その連座責任として宿奈麻呂に伊豆流罪が命じられたのである。

「そうでございましたか……」

と、新笠は肩を落とす。期待した宿奈麻呂が流罪ということもあったが、百済復興のことなどまったく眼中にない朝廷への失望が大きかった。だが、宿奈麻呂は場の雰囲気を変えようとした。

「いやいや、三年などちょっとしたながれ旅。伊豆の魚は身がしまってうまいときいておりますからな」

「そうか、さみしくなる。が、伊豆に行くのもいいかもしれない。地方の現状を知ることも大切なことだ」

と、白壁王が言うと、宿奈麻呂は杯を突き出す。

「私も同感でございます。日の当たらぬ地方に日を当てる政治となるよう、いつか必ず白壁王さまとともに世の中を変えてみせましょう」

ここでも白壁王は謙遜して首をふる。

「私のような異端の皇族に何ができるというのだ」

「またまた、そのようなことを」

と、宿奈麻呂は残念な顔をして、新笠に言った。

「白壁王さまは天智天皇の御孫。世が世なら天皇かもしれない皇族でございます。外交や国防にも精通され、農業にもお詳しい。いつまでも接待係のようなことをやっておられるお方ではないのですぞ」

白壁王は笑ったままであるが、宿奈麻呂は言う。

「いつか天智王朝を再現しようではありませぬか。私は白壁王さまの盟友のつもりです」

そのとき突然、宿奈麻呂が四つん這いになった。

「どうか、なされましたか？」

と、新笠が声をかけた。

「忘れていた」

「なにを、でございますか？」

「妻じゃ……。妻のことを忘れていた！」

宿奈麻呂は阿倍古美奈という宮中の女官を娶ったばかりであった。

「まあ、それはいけませぬ」

そう言ってから新笠はふたたび吹き出した。

「また笑われた」

と、頭をかく。風体に似ぬ子どもじみた仕草に白壁王も笑った。宿奈麻呂はふしぎに憎めない青年であった。

「でもまあ、しばらく独身貴族を楽しんでまいります。あ、いや、これはここまでの話。妻には内緒にしておいてくだされ」

と、ふたたび大声で笑うと、宿奈麻呂は耳打ちした。

「新笠どの、『白壁天皇』。いかがですか？　いいお名前ではござらぬか」

「そこまでは望みませぬ……」

「いや、自らが望まねば夢は叶いませぬ。互いに夢をもちましょうぞ」

「ともあれご無事の帰還を祈っております」

「ありがとうございます。新笠どのもお達者で。では、またいつか！」

と、宿奈麻呂は歌を口ずさみながら帰って行った。

（良い友をもったものだ）

と、新笠は白壁王のことが少しうらやましく思えた。


天平十二年（七四〇）、聖武天皇の勅命によって都は恭仁京に遷った。恭仁京は平城京の北三里の加茂（現・京都府木津川市加茂町）という寒村に築かれていた。平城京は藤原の本拠地、この地は右大臣から左大臣の座に昇った橘諸兄の本拠地である。

広嗣の乱後、玄昉は追放されてしまったが、諸兄としては藤原四卿の死、広嗣の乱などで勢力に衰えが見えはじめた間隙をぬって、藤原一族の息がかからない場所に天皇を移したかったのである。

しかも平城京は物資運搬に不便であった。東市の堀川は南流して佐保川、西市の堀川は秋篠川に通じ、大和川に合流しているが、水上輸送に難があった。おまけに京下は人口増によって狭隘。平城京の堀川は芥の山で臭いが立ち込めている。その点、加茂には淀川に合流する泉川（現・木津川）という大きな川が流れている。

もともと平城京は、和銅三年（七一〇）に元明天皇が藤原京から遷して造った都であっ

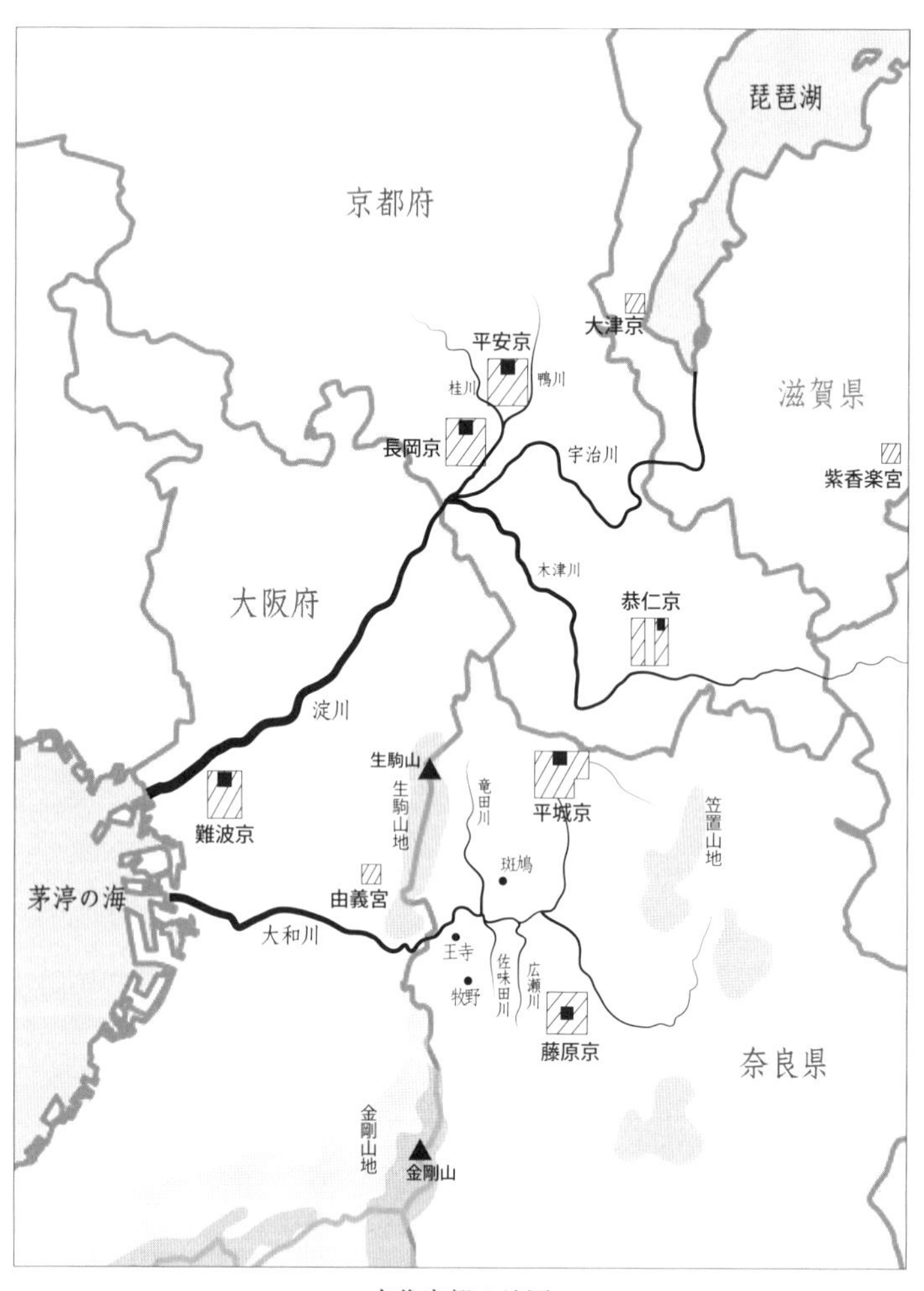

琵琶湖
京都府
大津京
平安京
桂川
鴨川
滋賀県
長岡京
宇治川
紫香楽宮
木津川
大阪府
恭仁京
淀川
生駒山
生駒山地
竜田川
平城京
笠置山地
難波京
斑鳩
茅渟の海
由義宮
大和川
王寺
佐味田川
広瀬川
牧野
藤原京
奈良県
金剛山地
金剛山

古代宮都の地図

た。が、聖武にとって平城京にはまったく良い思い出がなかった。自分の皇太子であった基王（もとい）は一歳で逝去し、長屋王の変が起こり、母の宮子は心を患い、疫病の流行などさんざんな状態であった。

そこで聖武は、藤原広嗣の乱の前から群臣を引き連れて、あちこちと行幸（ぎょうこう）に出かけていた。なかなか平城京に戻ってこないため、処刑された広嗣の怨霊を恐れて逃げ回っているという噂もながれていた。だが、実際は都を遷すための視察をつづけていたのであった。

諸兄の奏上もあって、聖武は「三都構想」をもっていた。まず恭仁京を政治の中心地と定め、淀川の河口に位置する難波京（なにわきょう）を経済中心の副都とし、紫香楽宮（しがらきのみや）（現・滋賀県甲賀市）を精神中心の仏都とするというもので、淀川水系に都をつなぐことで水運の便を良くし、外国の使節団に国威を示そうとしたのであった。

水運の便を期待した商人たちが遷都を望んでいたこともあって、聖武はいち早く市場を恭仁に遷し、日常生活の動脈の一つを最初に断ち切ることで、半ば強制的に従五位（じゅごい）以上の貴族に恭仁京への移住を命じた。

新笠は白壁王に付いて恭仁京に移った。加茂の地はゆったりとした大きな泉川が流れていて、静かで自然が美しい場所であった。しかし、遷都にともなって莫大な労役と財政が投入されていたため、百済復興の夢はますます遠くなっていた。

それから二年――。

新笠が洗い物をたたんでいたある日、白壁王が嬉しい知らせをつたえに来た。

「刑期は三年だったが、二年で赦(ゆる)された。少し痩せてはいたが相変わらずあの調子だ。その上、帰京したとたんに少判事の官職に就きおったわ」

宿奈麻呂が伊豆から戻ってきたというのである。その知らせは、新笠の心にふたたび日が射してきたようであった。それにしても白壁王は相変わらずのんびりしている。賓客の接待のための白酒(しろき)、黄酒(きき)、黒酒(くろき)など、酒の銘柄や料理のことには詳しいが、出世欲がまったく感じられない。

たまらず新笠は頭を下げた。

「私はこれまで百済再生の願いをもっていましたが、そのことはあきらめました。もし、白壁王さまが世のため人のために尽くされるならば、私はどのようなお手伝いでもさせていただくつもりです。どうか将来に備えてくださりませ」

「将来?」

と、白壁王は眉をひそめる。

「この国をもっと豊かにするのです」

「なにもできぬが、なにに備えたらいい？」

と、白壁王は笑ってきく。

「わかりませぬ。ただ、私は斑鳩にいたころ、考えたことがござりました。沢の水は梅雨にはたくさん流れているのに、干ばつのときは少なくなります。海にどんどん注いでいるのはもったいないことです。池や堤を整備したり、米や野菜を保存する倉を全国各地につくれないものでしょうか」

「なるほど、それは良い考えだが、私ひとりではできぬ」

「宿奈麻呂さまがいらっしゃいます」

「宿奈麻呂は流罪先から帰ってきたばかり。しかも今は南家の仲麻呂どのが権勢をふるっておられる」

「いいえ、あのお方はいずれ立派になられるはずでござります。おふたりが力を合わせられたら、この国は良くなるような気がいたします」

しかし、白壁王は笑って言う。

「そんなことは夢のまた夢。食べていければいいではないか」

「白壁王さまのことを思えば、私には残念なものがあります」

そのころ、聖武は迷走していた。造りかけていた恭仁京の造立を断念して近江の紫香楽宮に離宮を造ると、大仏造立の勅を出したが、こんどは難波に遷都するという勅を下した。

天平十六年（七四四）一月、安積親王が急死するという事件が起こった。安積は聖武天皇と県犬養広刀自の間に生まれた男児であった。聖武と光明皇后との間に生まれていた基王は生後二か月で皇太子になったものの、一歳にもならないうちに早世していたので、聖武の嫡男は安積しかいなかった。

ところが、その安積が聖武の行幸に従っていた途中、桜井頓宮（現・東大阪市六万寺町付近）で脚気に襲われ、静養のために戻った恭仁京で息を引き取ったというのである。

「脚気くらいで人間が死ぬわけがない。毒殺かもしれぬ」

「毒殺？」

と、新笠は息を呑んだ。

「恭仁京の留守官は仲麻呂どの。うまいことを言って安積親王を呼び寄せ、始末なさったのかもしれぬ」

「そのようなむごいことを……」

「右大臣の橘諸兄どのは安積親王を天皇にと考えておられるからだ。もし安積親王が天皇になられれば、ゆくゆく藤原家は天皇家との縁を断たれることになる」

「邪魔なので毒殺されたというのですか？」

「静養というのなら、そのまま桜井頓宮でもいいし、難波宮でもいい。わざわざ平城京を通り過ぎて、八里も離れた恭仁京まで足を延ばさねばならない理由はない」

仲麻呂は南家・藤原武智麻呂の次男である。武智麻呂は不比等の長男であったから、藤原一門の本家筋の人物であった。橘諸兄が学者肌であるのに対して仲麻呂は好戦派であり、唐の事情に精通し、頭脳明晰で藤原氏特有の血を引く野心家。しかも三十八歳の壮士である。

しかし、白壁王の推理はそれで終わらず、思いもかけないことを言った。

「新笠よ、そもそも女というものは、他の女が産んだ腹ちがいの子どもを憎らしく思うことはないのだろうか？」

光明皇后のことであった。

「凛々(りり)しい姿で天皇の行幸の供をされる安積親王の姿を見ると、我が娘の阿倍(あべ)内親王をさておいて、安積親王が皇太子になるかもしれぬという不安がなかったとは言い切れまい。しかも政敵である左大臣の橘諸兄どのは安積派だ」

ここで新笠はたたみ物の手を止めて白壁王に向き直った。

「そのようなことはござりませぬ。光明皇后さまも安積さまのことを我が子同然に慈しんでおられたはずです。それは悲田院をつくられたことからも言えます」

悲田院は光明皇后が仏教の慈悲の思想にもとづいて貧しい者や孤児を救うために、興福寺に設置した済世利民の施設であった。光明皇后のことを天女の化身と信じている新笠は心を乱された。

「だが、阿倍内親王は藤原家の血を引いておられる。安積親王が天皇になられれば藤原家は衰退する。光明皇后さまのことはともかくとして、仲麻呂どのが無関係であろうはずがない」

と、白壁王は藤原一門の恐ろしさを口にした。

「でも、宿奈麻呂さまはちがいます」

「さあ、わからぬぞ。少し怖くなるときもある」

と、白壁王は笑った。だが、新笠は首をふる。

「宿奈麻呂さまはそのようなお人ではありませぬ」

「わかっている。冗談だ。ただ、出る杭は打たれる。平凡が一番なのだ」

と、白壁王は弁解するように言った。

「宿奈麻呂さまは、白壁王さまのことを信じておられます。白壁王さまも宿奈麻呂さまのことをお信じくださいませ。それが盟友というものです」

と、新笠は釘を刺すのを忘れなかった。

やがて、都は難波京へ遷都されて、わずか一年半後に平城京に戻ってしまった。恭仁京も紫香楽京も難波京も都としては完成しなかった。聖武天皇の迷走ぶりに市井（しせい）の人びとは戸惑っていたが、「現人神（あらひとがみ）」であったことから誰も批判する者はいなかった。

祈り

居をふたたび平城京に戻した白壁王は相変わらずのんびりしている。赦免されて都に戻ってきている宿奈麻呂からも、その後は一向に音沙汰がない。「地方に赴任した」と、新笠はきかされていた。

この年、山部は八歳になった。背丈も大きく伸び、骨太になり、美しい目をしている。

ある日、新笠は思いあまったように白壁王に頭を下げた。

「お願いがございます」

「なんだ。改まって」

「山部に文字の読み書きを教えていただけませぬか……」

と、白壁王に頭を下げた。

「山部に?」

「官吏にしたいのです」

「官吏？」

山部を官吏にするということは、臣籍降下させるということである。このことは皇族がその身分を離れ、臣下の籍に下ることを指す。つまり、天智系の皇統が白壁王で断たれることを意味していた。

白壁王は笑う。

「私には天智皇統を取り戻すなどという大それた考えはない。よって、いずれは山部も臣籍降下の身となろう。ただ、まだ山部は八歳ではないか。そのような話はずっと先のことであろう」

「十三歳になるまでの五年間で、しっかり学問をさせておきたいのです」

親が従五位以上であれば十三歳から式部省の大学に入学することができた。その点、白壁王は従四位の官位にあったから、山部には自動的に学生になる資格があった。だが、白壁王はあきれたような顔をした。

「それにしても、なぜそなたはそこまで出世にこだわるのだ？」

「山部に屈辱を味わわせたくないのです」

「屈辱？　何のことだ？」

新笠はいくつかの思い出を語りはじめた。義姉の難波の夫が病気になったので、百済伝

統の医食をこしらえて見舞いに行ったとき、

「こんな臭いものなど主人は食べませぬ」

と、突き返されたことがあった。

また、山部が川で泳いでいたとき、友人たちから足を引っ張られて溺れそうになったため、腹を立てて殴りかかり、その親たちから侮辱されたこともあった。

「もう、うちの子と遊ばぬよう山部どのに言い含めてほしい」

「山部は溺れ死んだかもしれないのです。殴られて当然です」

すると親たちは皮肉たっぷりに言った。

「まあ、みなさまどう思われますか?」

「子も子なら親も親だ」

「そもそも百済人には乱暴な者が多い」

そこにも屈辱を感じた。

さらに西市でもつらい思いをしたことがあった。白壁王が従四位に昇格したこともあって上役の貴族の妻たちに挨拶をした際、差別の言葉を浴びせられた。

「この人、どなた?」

ひとりの女が新笠の頭からつま先までじっと見つめる。

その横で別の女がささやいた。

「ほら、あの白壁王さまの下女……」

「えっ、では渡来人？」

そして汚いものでも見たかのように手で追い払われたのである。

「私は蝿ではない！」

と、新笠は抗議した。

たしかに、父の乙継は百済からの帰化人である。しかし、乙継の祖先が日本に帰化して二百年が過ぎているのである。しかも、それまでも無数の渡来人が日本に移住し、この国で共同生活を営んでいる。

だが、「庚午年籍」という戸籍がつくられてから、都では身分や出自が問われはじめ、差別や区別の風潮が強くなり、文化、風習のちがいから渡来人の多くが蔑視されるようになった。初めのころ、百済出身であることに誇りをもっていた新笠も、度重なる差別に耐えられなくなり、都の暮らしを息苦しく感じさせられていた。

「そんな了見の狭い人とは付き合わねばすむことですから、私は気にしませぬ。でも、子どもたちにだけは、人に蔑まれて生きるようなつらい思いはさせたくないのです」

白壁王は新笠の気持ちを尊重した。

「わかった。官吏にしよう」

そこで、新笠は山部の意識を煽ろうと、あざやかな朝服（ちょうふく）をまとった官吏たちが往来する朱雀大路に連れ出した。

「山部よ、あのお方たちは天皇に仕えておられる立派な官吏のみなさまです。もし、そなたがあのようになってくれたら母は嬉しい」

「母上が喜んでくださるなら、私は官吏になります」

と、あどけない顔で答えた。

「では、大学に入って学生にならねばなりませぬ。太政官（だいじょうかん）は優秀な学生から優先してとるから、今のうちに学問をしておかねばなりませぬよ」

大学は、正しく言えば「大学寮」である。科（道）がいくつかあり、「高級官僚養成所」のような性格をもっていて、学生は紀伝道（きでんどう）、明経道（みょうぎょうどう）、明法道（みょうぼうどう）、算道（さんどう）、音道（おんどう）、文章道（もんじょうどう）の六つの学科を学ぶことになっていた。

紀伝とは歴史、明経とは行政、明法とは律令国家の仕組みを学ぶこと、算道とは財政、音道とは儒教経典を漢音（中国語）で発音すること、文章道とは唐の詩文を学ぶことである。これらの単位を六年間でとらねばならない決まりがあった。成績が優秀でなければ大学寮の推薦による国家試験を受けることはできない。推薦されなければ留年。推薦されれば卒業して中務省、式部省、治部省、民部省、兵部省、刑部省、大蔵省、宮内省の八省のどこかに配属されることになっていた。

(早いうちに学問をさせておけば、大学寮の推薦は容易に受けられる……)

と、考えた新笠は文字の読み書き、『論語』や『書経』、『中庸』など山部に学習姿勢を身につけさせることに腐心し、その教授を白壁王に頼んだ。

山部は白壁王が読んだのちに大きな声で読み上げる。

「力を以て仁を仮る者は覇なり」

そして、白壁王が説明する。

「仁義の名を借りて武力をふりかざすことは、徳ある者の為すべき行為ではない。王道は仁政を実践することにあるという意味だ」

「辞譲の心は礼の端なり」

「これはへりくだり、人に譲る心が礼の初めという意味である」

「政を為すは人にあり」

さらに白壁王はつづけた。

「良い政治をするには立派な人材を得ることが大切という意味だ」

白壁王は『論語』や『中庸』の教えを引きながら、文字の読み書きを教えた。ひとしきり教え終わると感心するように言った。

「山部の記憶力と理解力は大したものだ。頭の回転も速い。これなら立派な官吏になれるだろう」

天平勝宝元年（七四九）七月、聖武は娘の阿倍内親王に皇位を譲り、孝謙天皇として即位すると太上帝となった。翌年、新笠は次男の早良を産み、山部は大学寮への入学を果たして都へ出た。

しかし、山部は学生になったとたん衝撃的な出来事に遭遇する。発端は同級生の藤原種継と遊びに出かけた折の出来事にあった。種継は宿奈麻呂の弟・清成の子であるが、のちに山部が桓武天皇となるのを支えた人物である。

ふたりは香薬寺（新薬師寺）の境内の木陰で話を交わしていた。香薬寺は聖武天皇が眼病を患ったとき、光明皇后がその平癒を祈願して建立した寺であった。

「山部さま、もうすぐ大仏が完成しますね」

「ずいぶん長くかかったものだ」

「太上帝は『三宝の奴』と称され、出家なさって『勝満』と名のっておられるそうです。でも、果たして仏教で国家が守れるのでしょうか？」

「このところ乱や疫病や飢饉など世情の不安がずっとつづいてきた。太上帝は『金光明経』や『法華経』などを護国の経典とさだめ、これを六十余州の国分寺や国分尼寺で僧侶に読誦させることで国家を平穏にしようと考えられているのだ」

「しかし、大仏造営のため支出が膨大にふくらんでいるらしいのです。このままではこの国は立ちゆきませぬ」

「大仏建立は現人神の聖武太上帝の深い信仰の表れなのだ。文武百官、すべての貴族、官吏が行基さまと心を一つにして完成させたら、良い国になっていくにちがいない」

行基は弟子たちと托鉢をしながら、各地に布教に出向いた。

このころの仏教には「宗派」なるものはなく、僧侶はあくまで釈迦の教えを説いた。また、行基は橋をかけたり、「布施屋」と呼ばれる施設を立ち上げて貧民を助けたりしていた。聖武天皇が大仏造営への協力を依頼すると、行基は材木の切り出しから搬送まで指揮を執った。

のべ二六〇万人が労役のために地方から動員されたが、往来する交通費も食事も支給されず、苛酷な労役から逃亡を図る人びとも少なくなかった。それで行基を恨む者も多かった。

そのとき、後ろの竹藪のなかからうめき声のようなものがきこえてきた。恐るおそる近づいてみると農民らしい男が倒れている。

「いかがなされました！」

山部は声をかけたが、農民は息も絶えだえのようであった。

「種継、すぐにご坊を呼ぶのだ！」

しかし、その間に農民は息を引きとった。しばらくして大仏建立にたずさわっている朝廷の官吏がやって来て死体を検視した。

「この者は伯耆の国から来た清三という男だ。途中で逃げ出したので捜索していた。だが不審な点もある。最初に発見した者は？」

「私でございます」

と、山部が答えた。

「さては、そなたが盗んだか？」

と、官吏は法外なことを言った。

「そのようなことはしておりませぬ！」

「しかし、この者は銭を持っていないばかりか、銭袋さえ持っていない。なにゆえじゃ？」

官吏はそう言うと、即座に山部を摑まえて懐を探った。

「なにをされますか！」

山部は激しく抵抗したが、懐から銭袋を取り上げられてしまった。

「これは何だ！」

「それは私のものです」

「嘘を言うな。来い！」

と、連行されようとしたところで香薬寺の僧が仲介に入った。

「この者は学生。しかも寺内での乱暴は御法度でござりまする。お許しくだされ」

「では、出せ。見逃してやるから出せ」

官吏は僧に詰め寄ると、辺りをうかがいながら銭を要求した。

「……わかりました」

そう言って、僧は自分の銭袋から取り出した銭を官吏の袂に入れた。

「何をなさいます。私は盗人ではないというのに、なにゆえそのようなことをなされるのか！」

山部は抗議したが、官吏はそれを無視して僧に小声で言う。

「太政官にはわしから報告をしておく。遺体はこの寺で始末せよ」

「ここで荼毘に付してよろしゅうございますか？」

「かまわぬ。死んでしまったのだからどうにでもせい」

と、そそくさと背を向けて去って行った。

山部は涙をうかべながら僧に詰め寄った。

「なにゆえ銭を渡されたのですか！」

「これが昨今の官吏の姿なのだ。仕方がない」

山部が悔しそうに泣くそばで、種継が僧に尋ねた。

「この人はなぜここに倒れておられたのでしょう？」

「おそらく大仏建立の労役で病気に罹り、薬師如来に加護を求めに来たのだろう。帰る路銀もなく、薬も買えず、食べ物もなかったにちがいない……」

だが、山部は僧に地面の泥を投げつけると早々に立ち帰った。

家に戻った山部は、一連の出来事を新笠に語った。

「大仏建立にたずさわる官吏が、あのような悪事をはたらいていいものでしょうか。私はこれまで官吏のみなさまを尊敬しておりましたが、心底がっかりしました」

新笠も怒りがめらめらと湧いてきた。山部が言うことは正しい。仏の前に鬼がいるようなものである。

「なぜ、父上の名を明かさなかったのです？」

と、新笠はきいた。

「なぜ、名のる必要がありますか？」

と、山部はきき返した。

「皇族の御子と知れば恐れるはずです」

「そんなものは関係ありませぬ。正邪善悪に肩書きなどは無関係でござりましょう」

たしかに山部の言うとおりかもしれない。ただ、官吏を批判することを覚えれば大学寮の推薦を反故にされてしまい、太政官に入省することも危うくなる。

「……すべての官吏がそうであるとはかぎりませぬ。ほとんどは立派なみなさまばかりなのです。ところで、そなたはその官吏を許せますか？」

「許せませぬ……」

「では、悪徳官吏を一掃したいとは思いませぬか？」

「思います」

「それでは我慢なさい。そなたは立派な官吏になって、正しい者が悪人に泣かされるような世の中を変えるのです。自分が正しいと思う道をまっすぐに進みなさい。今日は貴重な勉強をさせられたと思い変えるのです」

「……はい」
と、山部は涙をふきながら、仕方なさそうにうなずいた。新笠は、こうして事あるごとに山部の正義感と信念を啓発するのであった。

天平勝宝四年（七五二）四月、平城宮から東一里の場所に完成した大仏の開眼式がおこなわれることになった。もともと大仏は紫香楽宮に建てられることになっていたが、山火事や地震が頻発したため、聖武は孝謙に命じて平城京に変えさせていた。それが現在の東大寺、つまり奈良の大仏である。

大仏の造立は国家をあげての一大事業であった。疫病、地震、乱、身内の不幸など多くの辛酸を舐めてきた聖武は、東大寺（正式には金光明四天王護国之寺）を総本山とし、日本の隅々に国分寺を建てて毘盧遮那仏（びるしゃなぶつ）を安置し、僧侶たちに「金光明最勝王経（こんこうみょうさいしょうおうきょう）」を読誦させることによって、国家の安定を図ろうと考えていた。

東大寺大仏開眼式に臨むことになった白壁王の礼服着用を手伝いながら、新笠はきいた。
「まだ大仏殿も完成していないのに、先に開眼式がおこなわれるのですね……」
「仏教が伝来してからちょうど二百年目。そして四月八日は仏陀がお生まれになった日。もっとも準備が遅れて一日延びてしまったが……」

「聖武太上帝もさぞ、お喜びのことでございましょう」

「太上帝としては紫香楽に大仏を建立して、あの地で祈りの日々を送ろうと考えられておられたのだろうが……」

「祈りの日々？」

「天変地異、疫病、乱、飢餓などは政治が正しくおこなわれると自然に収まるという。太上帝としては紫香楽の地で大仏に給仕しつつ、孝謙天皇の治世を見守ってあげたいと願っておられるはずだ」

ところが、ここで山部が口をはさんだ。

「父上、祈るだけでこの世は守られるのでしょうか？」

「いや、そうは思わぬ。ただ、この国の静謐（せいひつ）を祈る心が尊いのだ。この国を守ってくださる大仏さまがおられて、その心をいただこうとする気持ちが大切なのだ。眼前に仏像がなければ祈る心も起こらぬのだから……」

白壁王は黒塗りの烏帽子（えぼし）のふちをきっちり眉の上に合わせると、子どもたちをうながす。

「さあ、まいろうか」

山部は仕方なさそうに立ち上がった。白壁王の後ろには能登と山部が付き、その後ろから二歳の早良を抱いた新笠が従った。

遠くに銅の大仏が見えてきた。奈良の大仏は正式には「毘盧遮那仏」という。この毘盧遮那大仏は肉体的、歴史的な仏陀を超えた華厳の教主、万物を照らす広大な叡智をもつ宇宙的実在として建立されたものであった。山門の周辺は警護の役人でものものしい雰囲気に包まれていた。

「そなたたちは、あの辺りで見ておれ」

と、白壁王はひとりで山門をくぐると、色とりどりの官服をまとった貴族や官吏たちに混じって着席した。朝廷では官位が三位以上の者は紫、三位未満五位までが赤、従五位未満は緑と朝服が決められている。

「ほら、あそこ、あの右の列の前から三番目の赤い朝服……」

と、能登は白壁王の姿を指した。

そして左大臣・橘諸兄と右大臣・藤原豊成、紫微中台長官・藤原仲麻呂、その後方に皇族や貴族、そして全国各地からあつまった一万数千人の豪族たちが着座すると、孝謙天皇を筆頭に、僧形の聖武太上帝と光明皇太后が姿を現した。

やがて太鼓や鐘の音が鳴り響くと、たくさんの僧侶たちが朗々と声明を唱えながら次々に入堂して来た。そして仏への讃徳のための僧侶たちの散華がいっせいにはじまり、阿闍梨の発音に合わせて経が唱えられるなか、インドから導師として招かれた菩提僊那が朗々と奉告文を読み上げ、高さ五十尺の大仏に眼を入れようと立ち上がる。天井から吊るされた大筆には五色につむがれた大綱が結ばれ、役僧たちが大仏の眼前で筆先を動かす菩提僊那を支えた。

しばらくして地鳴りするような呪文の声に包まれて、聖武太上帝、光明皇太后、孝謙天皇が焼香に立ち、王権の安泰と国家の鎮護の祈りがささげられた。その厳粛な光景を見ながら新笠は遠くから大仏に祈った。

（どうか、この国の平安のために山部をお導きくださいますように……）

大仏開眼式が終わってから宿奈麻呂が白壁王の屋敷を訪ねてきた。白壁王は新笠の家族を呼び寄せていた。早速、新笠が酒を準備すると、いつものように白壁王と宿奈麻呂の間で議論がはじまった。

「今日は改めて聖武太上帝の力を知った。それにしても、あの地鳴りするような読経は感動であった」

と、白壁王が感激したように言う。

「たしかに、あれだけの皇族、官吏、僧侶の数を見れば、朝廷の力の大きさは感じられます」

と、宿奈麻呂は杯を上げる。

白壁王は語った。

「聖徳太子は仰せになっておられる。『仏の遊履するところの国邑丘聚、化を蒙らざるはなし。天下和順し、日月清明たり。風雨、時を以てし、災厲起こらず、国豊かに民安んじ、兵戈用いることなし。徳を崇め、仁を興し、努めて礼譲を修む（『大無量寿経』）』」

「はて、無学な私にはなんのことやらさっぱりわかりませぬ」

と、宿奈麻呂は笑って頭をかく。

「仏の教えが行きとどいている場所では天下はおだやかに治まり、天変地異も起こらず、国土は豊かで、国民は平安。武力を用いる必要もなく、人びとは礼節に満ちた暮らしができるということだ」

「なるほど。それは美しい話でございますな」

と、笑ってから宿奈麻呂は真顔になった。

「ただ、現実は少しちがいます。それは仏の教えが行きとどいている場所のことでございましょう。中央の皇族であろうと、地方の豪族であろうと、人間はすべて自分のことしか考えない欲の動物。判事をしている私はいつもそのことを思い知らされております」

「どんな悪人であろうと、人は仏像の前に来ると畏怖の念に打たれる。何もなければ、己を省みることもない。国を治める基本は仏心にある……」

だが、宿奈麻呂は首をかしげる。

「そこら辺りの考えが白壁王さまと私は少しちがうのでございます」

「どうちがう?」

「国家、臣民の安穏を守るべき皇尊(すめらみこと)が神仏に祈るのは今にはじまったことではありませぬ。しかし、このたびの大仏建立のためにどれほどの財が投入されたことか。大仏さまが黄金を持ってきてくださるなら別でしょうが……」

と、笑う。

「それはそのとおりだが、すぐに取り戻してくだされようぞ」

と、白壁王も笑う。

ちなみに、平安時代の『東大寺要録』をもとにおこなった試算によると、創建当時の大仏と大仏殿の建造費は、現在の価格にすると約四六五七億円とされている。

そのとき隅に坐っていた山部が口をひらいた。

「ところで、宿奈麻呂さまにおききしたいことがございます。なにゆえこの国には紫微中台と太政官の二つがあるのでしょうか。また、紫微中台長官の藤原仲麻呂さまと、太政官の左大臣、橘諸兄さまの仲がお悪いのでしょうか?」

「紫微」というのは、神格化された道教の神「北極紫微大帝」のことであった。つまり星々が北極星を中心として回るように、天帝の使者としての天皇を中心として、文武百官が仕えることを意味していた。大極殿の意味と大差はない。

しかし前年、紫微中台が設置されてから太政官の組織が一変していた。もともと八省は太政官の中にあった。紫微中台の前身は太政官の一部署の皇太后宮識であったというのに、光明皇太后が自分の甥の藤原仲麻呂に実権を握らせて、紫微中台の長官に命じて以来、八省は紫微中台のなかに織り込まれてしまったのである。

太政官を統括していたのは左大臣に昇格した橘諸兄、右大臣の藤原豊成（仲麻呂の兄）のふたりであったが、紫微中台のなかに八省と中衛府、衛門府が移されたことから、皇太后の信任はむしろ中国の制度・文物に通じ、学才に優れていた仲麻呂に向けられているかに見えた。

「ほう、鋭いことをおききになりますな。今、山部どのはおいくつでございますかな?」

と、宿奈麻呂はきいた。

「十五です」

「十五にしてそのようなことを考えられているとは。式部省は有能な官吏を育てているようですな……。たしかに、二つの機関があるのはおかしいかもしれませぬ。ただ、もし唐や新羅がこの国を侵略したり、あるいは内乱が起こったりしたときの対応は太政官ではできぬと考えて、皇太后さまは兵の発動権を仲麻呂どのにもたせておきたかったのでございましょう。兵部省のみを移すわけにはまいりませぬ。そこで八省まとめて紫微中台の管轄下に移されたと思われます」

「皇太后さまも天皇も、左大臣や右大臣のことは信じておられないということですか？」

「信じておられないのでしょうな。そもそも左大臣や右大臣と紫微中台の仲麻呂さまとは性格が合わないのです。山部どのだって大学で考え方が合わぬ人はおられるでしょう？」

「それはいます」

「それと同じようなことが大人の世界にもありましてな。大人の世界というものは対立しても顔では笑って付き合えるようにできているのです。純粋な山部どのからすればおかしいかもしれませぬが……」

山部は言った。

「上が心を一つにしなければ下が一つになるわけがありませぬ」

「たしかに。だが、理想に至るために臣下は論を競う。それが対立に発展するのは仕方がありませぬ」

しかし、山部は食い下がった。

「対立していては、天皇が存在する意味がありませぬ」

「いいえ、天皇はこまかな現場のことはなにもご存じないのです。しかも孝謙天皇は女帝。左大臣、右大臣、あるいは紫微中台の長官の意見をおききにならねば決断できませぬ」

誰かが乱を起こせば朝廷が鎮圧しなければならない。疫病がはやったり、干ばつがつづいたりすればどうすべきか、国家の意志も決定しなければならない。国を想い、天皇を支え、時には天皇さえも動かす有能な臣下がなければならない。宿奈麻呂はそう説明を加えた。

「でも、聖武太上帝は仏教以外のことはなにもなされない。孝謙天皇も仏教興隆のことのみ。政治の実権は孝謙天皇の後見人の皇太后、その下の仲麻呂さまにあります。これでは仲麻呂さまが天皇のようなものではありませぬか」

「ふむ、仕方がござりませぬな。ただ、この大仏建立と国分寺、国分尼寺の建立で財政は底をついております。仲麻呂どのがどう体制を立て直されていくか、注目するしかありませぬ」

ここで白壁王が口をひらいた。

「ともあれ、ようやく土地を民・百姓が自分のものにする勅は下されたが、今のような祖庸調の税源だけでは国家を維持することはできぬ。都まで稲や絹を運ばせて税を増やすだけではなく、もっと銅銭を普及させねばならぬ。また、蝦夷を征伐して国の領土をひろげることも必要だ」

ここで宿奈麻呂が言う。

「山部どの、私も同感ですぞ」

「その方向に仲麻呂さまは動かれるのでしょうか?」

と、山部はきく。

「それはわかりませぬ。ただ、仲麻呂どのの独走を許さないためにも、白壁王さまのような考えをもたれている人に政権の中枢にお入りいただかねばならぬのです。私は無学ですから、あの香薬寺の伐折羅神将と同じと考えてくだされ」

と、宿奈麻呂は言う。

「伐折羅?」

「あの香薬寺の中央の薬師如来の横に伐折羅がおられましょうが。ほら、こんな顔をして……」

と、右手をふりあげて伐折羅神将の真似をして見せた。

「そんなことをなさったら罰が当たります」

と、新笠が制止した。

「あはは、ちとやりすぎましたかな」

伐折羅とは薬師如来を守護する十二体の武神(ぶしん)の中のひとりであった。もとは夜叉、つまり悪魔であったが、仏に帰順し善神となって仏を守護しているという。つまり、伐折羅神将が薬師如来を守るように、藤原式家は白壁王を支えるという意味が込められていた。

「それにしても、今宵は呑みすぎた」

白壁王のろれつは回っていない。

「お酔いになりましたか？　いつも私が先に酔うというのに、今日は伐折羅のほうが勝ちましたな。わっはっは」

と、ふたたび宿奈麻呂は大きな声で笑った。白壁王が酔いつぶれてしまうと能登と山部も寝所に入った。

夕刻から降り出した雨が一段と激しくなった。宿奈麻呂は杯を傾けながら言う。

「新笠どの、今宵は山部どののご成長に驚きました。私も楽しみが一つ増えました」

「山部は私の生きがいでございますが、百済出身でございますから……」

と、新笠はうつむいた。

「新笠さま、そんなものは関係ありませぬ。真にこの国を発展させようとする熱情と向学心ある者であれば登用されるべきです。そんな国にしなければなりませぬ」

「そう言ってくださるのは、宿奈麻呂さま以外におられませぬ」

「山部どのを出世させる方法としては、白壁王さまをご利用申し上げることが必要でありましょう。まずは白壁王さまに出世していただかねばなりませぬ」

「白壁王さまはいつもご自分を卑下されています」

「いいや、だからいいのです。なぜなら天武系の皇族が油断なさるからです。まあ、おふたりの出世のことは私にお任せくだされ。ただし、いずれ新笠どのにもお覚悟を決めていただく時期がまいりますぞ」

と、宿奈麻呂は新笠の顔をのぞき込んだ。

「どのような覚悟にござりましょう?」

「それは追ってわかります。今は白壁王さまの頭でも尻でも叩かれていて結構でござります。では……」

と、宿奈麻呂は雨の中、裾をからげて走って帰った。

未練

天平勝宝四年（七五二）の秋、朝から目に染みるような青空がひろがっていた。

「宿奈麻呂さまがおいでにござります」

と、新笠は戸口から白壁王を呼ぶ。

白壁王と宿奈麻呂は交野でおこなわれる聖武主催の鷹狩りに招かれていた。交野は第二十五代百済王・武寧の末裔である百済王敬福の領地であった。

敬福はかつて陸奥守として赴任した際、大仏の塗金に使用する九百両の砂金を聖武天皇に献上した功績で、広大な領地を交野に賜与されると、そこを天皇家の鷹狩りの場として提供していた。

戸口に出てきた白壁王は残念そうな顔で言う。

「今日はそなたも連れて行きたいがのう……」

かつて新笠が乙継に手を引かれて百済宮に通っていたこともあって敬福に会わせてあげ

たいと思っていたが、あいにく能登が熱を出していた。

「能登のことを頼んだぞ」

白壁王は酒を注いだ青竹をぶらさげて馬にまたがる。

「では新笠どの、行ってまいります。もしかすると白壁王さまが鷹からさらわれるかもしれませぬぞ」

と、宿奈麻呂は馬上から笑う。無位無冠であった宿奈麻呂も少し出世して従五位下。昨年の六月には越前守（えちぜんのかみ）、九月には上総守（かずさのかみ）になっていた。ふたりはちびりちびりと竹酒を舐めながら交野をめざす。交野は平城京から北西四里の距離にあった。

「このところ敬福どのも、しきりに仲麻呂どののもとに足を運ばれておられるご様子。百済再興のためでござりましょうが、仲麻呂どのについて白壁王さまはどのように見ておられますか？」

と、宿奈麻呂は切り出した。

「天皇家からも絶大な信頼を得、左大臣・橘諸兄さまを圧倒するほどの権勢。ただ、我が国の危機を煽ることで、己の地位を保っておられるかに見える」

「新羅が我が国に攻め寄せてくる可能性はないとお思いですか？」

「ない。もし新羅が侵攻してくるとすれば唐との連合しか考えられぬ。だが唐は内乱の恐れがある」

白壁王は唐の情勢を掴んでいた。

「そうでございますか。かつては私も新羅征伐に賛同しておりましたが、こちらとしても底をついた財政であれば、戦を仕掛けるほどの体力もありませぬ」

「それをわかっていながら……。仲麻呂どのは少し狡いように思う」

と、白壁王は苦笑いして酒を口にふくんだ。

「もし白壁王さまが朝廷の中枢にあれば何をなされますか？」

「ふうむ。まず農民に開墾意欲を増す政策を施す。その一方で蝦夷を征伐する。かの地には黄金が眠っている。その上、蝦夷を完全に征伐できれば国家の版図が膨大にひろまる。兵農を分離して武力ある専従の兵を強化し、農民は農業にのみ専念させる。これによって国は強く、豊かになる」

白壁王は、農民の開墾意欲を増すために税の減免措置を語った。一方の蝦夷征伐の歴史は七世紀半ばに阿倍比羅夫らが遠征して以来、歴代の天皇によって継続されていた。最初は支配というより、朝廷の統括している領地を明確に示す行動であった。朝廷が陸奥に多賀城を築いたのもそのためである。

ところが蝦夷を蔑視する朝廷の態度に反発して襲撃されることもあった。そこで朝廷が天皇に味方する蝦夷を優遇するなど懐柔作戦を企てたが、大多数の蝦夷たちはますます反発を強めていた。ただ、蝦夷対策は天皇の政治的権威の強化のために大きな役割を担っていた。

「仏教政策についてはいかがお考えでしょうか？」

「今、全国津々浦々に六十八箇所もの国分寺と国分尼寺が建てられている。鎮護国家の祈りの場としては大切であろうが、寺院優遇に傾きすぎてはならない。仏教寺院の政治介入もよろしくない」

「仏教興隆、遷都のためにおびただしい財政が投入され、寺院への封戸は増大し、さらに新羅攻略のための軍船造り。これでは財政がもちませぬ。その辺りの展望が見えぬから困ったものです……」

そして、間もなく交野というときに宿奈麻呂の表情が一変した。

「白壁王さま、この辺りで少しずつながれを変えてみませぬか」

「ながれを変える？」

「あの仲麻呂を失脚させましょう」

と、宿奈麻呂は呼び捨てにした。

「それはならぬ。天皇への謀反になる」

「いいえ、外からの攻撃ではございませぬ。内から壊すのです」

「内から壊す？　どのように？」

「白壁王さまは、井上内親王という皇女のことはご存じでございますか？」

「井上？　聖武太上帝の義妹君。それがどうかしたのか？」

「その内親王を白壁王さまが正室としてお迎えになってはいかがか、という話でございますよ」

「せ、正室！」

と、いきなりの言葉に白壁王は酒にむせった。

「いかにも。まあ、井上さまは新笠どののように美しくはございませぬが、そこはご辛抱……」

と、宿奈麻呂は笑う。

井上内親王は、聖武がまだ若いころ、県犬養広刀自との間に産んでいた内親王である。孝謙天皇の義妹に当たっていたが、かつては斎王（さいおう）として十一歳で伊勢入りを果たしていた。斎王は天皇の即位とともに未婚の皇女か縁者から選ばれ、伊勢神宮の祭祀に奉仕する役目が課せられていた。主たる任務は「御杖代（みつえしろ）」である。

御杖代とは、一般的に神や天皇の杖代わりとなって奉仕する者とされているが、本来は天照大神の神意を天皇につたえることにあった。つまり、天照大神の教示を心に受け止めるために精進潔斎によって身を清める巫女中の巫女のことを意味している。その斎王を井上は二十三年もの長きにわたって務めていたが、弟の安積親王の薨去によって帰京させられていた。

「そのようなお人を正室にすると、息もできぬではないか。そなたは他人のことと思って軽く言うが、無理な相談だ」

「他人？　私は白壁王さまの腹心のつもりでおりますのに、他人と申されるか。できぬと言われても、太上帝直々のお言葉であればいかがいたしますか！」

と、宿奈麻呂の手綱に力が入ると、馬が前足を上げていないないた。

「な、なに。太上帝！」

と、白壁王は目を丸くした。宿奈麻呂は馬のたてがみをなでながら言う。

「過日、皇太后さまから私にお話がありました。井上内親王を白壁王に嫁がせたいがいかがであろうと、太上帝が皇太后さまに打診されたとのことです。皇太后さまも太上帝がお元気なうちに望みを叶えて差し上げたいと願っておられるようです」

「だが、なぜ私なのだ！」

「白壁王さまは天智天皇の孫に当たられますから、出自が良いとお考えになられたのでございましょう」

「出自をいうなら、天武系の皇族が他にたくさんおられるではないか」

「天武系でないからこそいいのです」

天武系の皇族のなかには、孝謙天皇が未婚であることに付け込んで皇太子の座を狙う者が少なくない。それでは井上内親王が政争に巻き込まれる危険性が高くなる、というのである。

「二十三年にわたって伊勢に奉仕させ、弟の安積親王まで失わせたという申し訳なさから平穏な暮らしをさせようという親心を、太上帝はおもちなのです。井上内親王を正室に迎えられれば、朝廷も白壁王さまを高く登用するはずでしょう。ここはぜひお受けなさるべきです」

「……受けるとどうなる」

「もちろん、井上さまと一緒にお暮らしにならねばなりませぬ。新笠どのは悲しまれるかもしれませぬが、人間には必ず運命を変える好機が一度や二度やってきます。戦うべきときは戦う。それが男というものです」

「それがなぜ仲麻呂どのの失脚につながるというのだ?」

「このままでは仲麻呂は孤立するでしょう。それまで白壁王さまの出番があるよう、藤原式家をあげて支えましょう。まず白壁王さまは議政官になられるべきです。独裁体制を崩すのです」

白壁王の全身から汗が噴き出ていた。

「私はこの好機を待っておったのです。もはや議論を繰り返す時期は終わり、行動に移す時期でございます。むろん、すぐにはできませぬが、布石を打っておくということでございます」

この鷹狩り、聖武は病のために欠席していたが、貴族たちはあでやかな狩衣に身を包み、楽しそうに野鳥を捕獲していた。終わると宴の場となったが、白壁王には杯を上げる気力さえもなかった。

そこには宿奈麻呂自身の焦りもあった。式家は広嗣の乱以来、沈みっぱなしで仲麻呂の藤原南家のみが栄えている。仲麻呂は新羅征伐のために軍船を造って国費を浪費する一方で、離宮さながらの大高楼をかまえ、自分に媚びる者をあつめて宴に明け暮れている。この行動は曾祖父の鎌足、祖父の不比等の遺訓とは大きくかけ離れていた。藤原家が天皇家にすり寄るのは、個人の欲望満足だけではなく、本来は国家、臣民のためにあった。

宿奈麻呂は仲麻呂より十歳も年下であるが、性格は対称的であった。着る物、身につける物すべて唐風の洒落者の仲麻呂と比べて自分を飾らない朴訥な男である。

（防人たちに新羅を攻めさせ、己は高みの見物でもするつもりか！）

新羅が戦争を仕掛ける可能性がないというのに、自己一身の栄華のために演出していることも宿奈麻呂には許せなかった。それを見抜けない孝謙天皇に上奏したいことは山ほどあったが、位階が低すぎて無視されるのがおちであった。

その点、白壁王には外交、国防、農業政策など全体を俯瞰する眼がある。たしかに白壁王は天智天皇と比べればはるかに見劣りはするが、覇王の類でないだけに動かすことに苦労はない、と宿奈麻呂は読んでいた。それは私欲からではなく、この国を立て直す盟友としての価値を感じていたからである。

一方の白壁王はそんな宿奈麻呂の腹の内など知る由もない。

（そういえば、鷹からさらわれるかもしれぬと新笠に言っておったな……）

白壁王はすでに宿奈麻呂の鋭い爪で吊り上げられていたのである。

その宿奈麻呂が数日してやって来た。ここで新笠は重大な決断を迫られることになるのだが、宿奈麻呂はそんな気配などまったく見せない。

「能登どのがお好きときいておりましたので、今日は蜜柑をお持ちしました」

「ありがとうございます」

と、能登は嬉しそうに二、三個持って隣の部屋に入った。

「ずいぶん大きくなられましたな」

宿奈麻呂は能登の後ろ姿に目を細くした。

「上がってお待ちくだされ……」

「あ、いえ、今日は長居できませぬ。新笠どのにお願いしたい儀があって参上したので、用件だけをおつたえして失礼をいたします」

新笠が坐り直すと宿奈麻呂は真顔で言った。

「ついに、お覚悟をお決めいただく時期がまいりました」

そして宿奈麻呂は、井上内親王のことについて話しはじめた。新笠は脳天を打たれたような気持ちになった。父・乙継の言葉が思い出された。

白壁王さまが正室を迎えられると、そなたは捨てられるかもしれぬ。泣くのは目に見えている——。

今、それが現実のものとなった。

白壁王と過ごした二十年という歳月は決して短くない。ましてや三人の子をもうけている。身分のちがいで切り捨てられるような気もしないわけではない。だが、井上を正室に迎えることによって、白壁王が朝廷の中枢に近づくことだけはまちがいない。ここは宿奈麻呂のことを信じて、身を引く以外になかった。

しばらく新笠は考えてから決断を下した。

「承知いたしました。宿奈麻呂さまにお任せいたしますが、そのことは白壁王さまには？」

「むろん、おつたえしておりますが、ご返事はいただいておりませぬ。そこで、もう一つお願いしたい儀がございます」

新笠は宿奈麻呂の顔を見る。

「白壁王さまを説得していただきたいのです。新笠どののお勧めがあれば、迷いも断ち切れると思われます」

「……わかりました」

「さすがは新笠どの。大変むごいことを申し上げたようでございますが、必ずや白壁王さまを政権の中枢に入れてごらんにいれますゆえ。ご無礼つかまつった。これにてご免！」

宿奈麻呂は帰っていった。


ほどなくして宮中から戻った白壁王は重い口をひらいた。

「そなたはどう思う？」

と、一連の話をしてから新笠の顔をのぞき込んだ。

「またとない機会、ぜひお受けなさるべきでございます」

「本当にそれでいいのか？」

白壁王は拍子抜けしたような顔をした。

新笠は思った。

（この人はいつも私の考えを先にきく。それは他の人のように下女として切り捨てることができない優しさであると同時に決断力のなさでもある……）

新笠はもう一度、白壁王に確かめようと思った。

「私のことなど案じられなくてもいいのです。この国のながれを変えたいというお気持ちがおありになるかどうかを知りたいのです」

「一応ある。そうなればそうせざるを得まい」

ここで新笠は一矢を放つ。

「まことでございますか？」

「なぜ、そのような目で私を見るのだ！」

「お酒の力を借りなければ本心をおっしゃらぬお方であることを、私はずっと見てまいりましたから……」

その瞬間、白壁王の顔つきが変わった。

「それはどういう意味だ！」

「一応とか、そうなればそうせざるを得まいなどという言葉からは、自信も覚悟のほども感じられませぬ」

「そなたは、私のことをそのように見ておったのか！」

と、白壁王は蒼ざめた表情で言った。

「一、二年ならいざ知らず、二十年も一緒にいればあなたの性格はわかります。私は勇気のなさをずっと残念に思ってきたのです」

しばしの沈黙の後、白壁王が口をひらいた。

「そなたの気持ちがわからぬ……」

「私の気持ち？」

「そなたの本心だ」

「気持ちとか本心とか、何のことでござりましょう？」

「妬ましくはないのか」

「なにゆえ、私が妬まねばならないのです？」

「井上がそなたから私を奪うのだぞ！」

と、声を荒らげた。

「……私は奪われるなどとは微塵も思っておりませぬ」

「そなたの両親にも申し訳ない……」

「大事を成し遂げようとなさるのなら、私や子や親に気兼ねをなさる必要もないはずです。とにかく私にお暇をお与えください……」

と、新笠は頭を下げた。

しばらく考えた後、白壁王は「わかった」と言った。

その夜、白壁王は身体を横にしたまま一睡もできなかった。朝餉の席でも口をきかなかった。白壁王は宮中に上るため玄関に出た。そこへ能登と山部が飛び出てきた。涙をうかべている能登に白壁王は言う。

「能登よ、そなたは二十。嫁ぐまでの間、早良のことを頼む……」

能登は泣きながらうなずいたが、山部は蒼ざめた顔をしていた。

「山部よ、そなたは十六歳。仕事が忙しくとも、時々は帰省して早良のために読み書きを教えてやってくれ」

「はい……」

と、顔を伏せたまま返事をした。白壁王の姿が見えなくなると、新笠は山部に言い含める。

「『大義、親を滅す』といいます。今日は父上がこの国のために立ち上がられる祝いの門出なのです。そなたも男児としての本懐を遂げねばなりませぬ」

新笠は空を見上げて、そっと未練の涙を呑んだ。

その朝、新笠は三歳になる早良の手を引きながら、何気なく平城宮の東にある法華寺へ行った。法華寺はもと藤原不比等の邸宅で彼の没後、娘の光明子、すなわち光明皇后が皇后宮として建てた尼寺であった。総国分寺である東大寺に対して総国分尼寺として、女性の皇族のための「懺悔滅罪の寺」と呼ばれていた。

門前で一礼して立ち去ろうとすると涼やかな声がした。

「新笠さま……」

ふり向くと門の向こうに若い尼僧が立っている。

「新笠さまでは？」

「は、はい、さようでございますが？」

「ああ、やはり……」

と、尼僧は少し微笑んだ。

「わたくしは芳順と申します。その昔、お恵みをいただいた者にございます」

「お恵み……。お人ちがいではございませぬか」

そう言って背を向けようとすると、

「ああ、少しお待ちくだされ」

と、芳順は門の表に出てきた。

「もうかれこれ十五、六年も前のことになります。お忘れかもしれませぬが、父が平城京の西市で捕まったとき、新笠さまから助けていただいた者にございます」

と、尼僧はゆっくりとした口調で微笑みながら話した。記憶の糸をたぐると八歳の少女のことが蘇ってきた。

「もしや、あのおりの娘御……。たしか静とか申されましたか……」

「覚えていてくださったのですね。その静にございます」

と、尼僧は少し目をうるませた。

「覚えております。でも、あの夜、お泊めしたはずのあなたがいなくなって、ずいぶんお捜しいたしました……」

「申し訳ございませぬ。父のことが気になり抜け出したのです」

「……そうでしたか」

芳順は改めて語った。

「わたくしの父は、かつて左大臣の長屋王さまに仕えた資人でござりましたが、長屋王さまの死によって職を失ってから山奥に辞し、しだいにお酒に溺れるようになり、不満の同志に誘われて徒党を組むようになりました。ただ、盗賊といっても私欲のためではござりませぬ。高官の方々のお屋敷に忍び込んでは、盗んだ銭を貧しい人びとのために分け与えていました」

その主である長屋王のことは新笠も知っている。藤原一門は長屋王を失脚させるために、光明子が産んだ基王の死は長屋王の左道（呪詛）によるものだとでっち上げた末に襲撃したのであった。

「でも、なぜあなたがここに？」

と、新笠は不思議そうに辺りを見渡す。

「あれから父は処刑され、わたくしは悲田院に孤児として預けられましたが、そこで光明皇后さまと出逢いました。少し年長ということで幼い子らと遊んでいるうちに皇后さまから、この法華寺でお手伝いをするよう命じられました。そのうちに出家して、芳順という法名をいただいたのでござります」

「それにしても、よくご無事で……」

「あの折、あのように親切にしていただいたのに、裏切ってしまったことを申し訳なく存じております。幾度か新笠さまのお姿をお見受けいたしましたが、勇気が出ず、このような形になってしまいました。どうぞお許しください」

と、芳順は涙をぬぐいながら語った。

「なにもしてあげられなかったというに、お礼を言われても困ります。それにしても若くして髪を落として御仏に仕えられるとは、なかなかできぬことでございます」

「出家したとはいえ形ばかり。煩悩を捨てきれぬ己に涙することもございます」

「いいえ、必ずやご修行は実られるはずです。どうかお健やかに……」

新笠は家路につきながら思った。

（あの八歳の少女が苦難を乗り越えて、あのように立派に育った。ここで出逢ったのも何かのご縁であろう。自分も新しい旅立ちをするときかもしれない。斑鳩（いかるが）に帰ろう……）

すでに父の乙継も母の真妹も他界してしまったが、斑鳩には生家も残っている。山部は学生として都に残ることになるが、能登と一緒に畑を耕し、養蚕をすれば早良を育てるぐらいのことはできる。そのうち能登を嫁がせ、早良を独立させたのちは斑鳩に朽ち果ててかまわないと、覚悟を決めた。新笠は三十九であった。

しばらく新笠は、斑鳩の土師一族の親戚の家に身を寄せながら、能登と家の修復に当たった。聖武の進言によって白壁王と井上内親王が藤原宮で挙式したことをきいたのは、その年の暮れのことであった。白壁王四十四歳、井上内親王三十六歳であったから、ふたりとも若くはない。

　桜井にある井上の館に入ってみると、白壁王は井上の行動に面食らうことばかりであった。井上は、太陽が昇る前に起きると水垢離（みずごり）をとって身を清め、部屋にしつらえた祭壇には水と榊（さかき）を供え、祝詞（のりと）を欠かさない。また、部屋の一角にしつらえた祭壇はいつもきちんと整えられ、榊の葉の一枚でも枯れていたり、どこかに埃があれば指でなぞったりして、厳しく資人を注意した。精進潔斎の斎王を務めていただけに、繊細さと潔癖感は尋常ではなかった。

　白壁王は井上の生い立ちを考えてみる。母の広刀自は聖武の側室として、光明皇后の影に隠れてひっそりと暮らしてきた。光明皇后には親王の出産が期待されていたが、広刀自には親王出産の期待はあまりかけられていなかった。「斎王」となるべき内親王を産むことだけが求められていた。運命は聖武に嫁してきた時点から決まっていたのである。

　同じ聖武の血を引く姉妹でありながら阿倍内親王は天皇となったが、井上内親王は斎王となって二十三年もの長きにわたって伊勢に追いやられ、愛児の安積の死に抗議することもなく、広刀自は忍耐の生活を強いられてきた。

むろん、白壁王には広刀自の真意などわかるはずもないが、明るく勝ち気な光明皇后に比べて、広刀自がおとなしく控え目な性格であったことは知っている。そんな暗い影を背負ってきたため、井上が陰気で神経過敏な性格に固まってしまったように思うのである。

ただ、井上は白壁王に対してだけは、その抑制された感情を剝き出しにした。それでも井上との間には酒人(さかひと)内親王、七年のちには他戸(おさべ)親王のふたりが生まれることになる。

斑鳩に戻った新笠は、土師一族から快く迎えられた。心を許せる人びとにかこまれて新笠は畑を耕し、養蚕と機織りで家族の糊口をしのいでいる。

「お蚕さん、葉っぱ食べている?」

「元気いいみたいよ」

能登の明るい声が返ってくる。新笠は、かつての自分の姿を能登に重ねるのである。あのころは畑に桑の木を植え、桑の葉を採り、蚕の餌とし、吐いた糸を集めて紡ぎ、天日に干して機を織っていた。糸を洗うのは乙継の仕事、糸を紡ぎ、機を織るのは真妹と自分の仕事であった。

乙継と真妹が亡くなった今では、昔のようにたくさんの仕事をこなすことはできないが、節約すれば生活はどうにかなる。それに能登と山部は早良をかわいがってくれている。

「沢に行くよ」

能登が促すと、早良が水桶を持とうとする。

「早良、重いだろう。持ってあげよう」

と、都から帰省した山部が手を差し出す。山に登ってあつめた薪も三人が協力して持ち帰ってきた。

「さあ、こんどは読み書きだ」

山部は『論語』や『中庸』などを復唱させ、早良の手の上に自分の手を重ね、優しく筆を運ばせた。五歳の早良にとって二十二歳の能登は頼もしい姉であり、十八歳の山部は尊敬すべき師でもあった。暮らしは楽ではなかったが、固い絆で結ばれた一族と親孝行の子どもたちに幸福を感じる新笠であった。

斑鳩が梅雨に入ったころ、大学から帰省した山部から聖武太上帝が崩御したという話をきいた。聖武の人生もまた波乱の連続であった。文武天皇の第一皇子として生まれながら七歳で父を失う一方、心を病んでいた母の宮子とは二十六年もの間、対面することが許されなかった。

また、左大臣の長屋王をはじめとする皇親勢力と藤原一門との軋轢（あつれき）に苦しみ、しかも病弱であったために、二十四歳になるまで即位は先延ばしにされ、以降は基王の死、長屋王の変、藤原広嗣の乱と、重苦しい波乱の人生を送り、五十五年の生涯を閉じたのである。

新笠は聖武の死を悼んで言う。

「さぞ、おつらい人生であったことでしょう。心の病を抱えておられた宮子さまの胎内でお育ちになったために、周囲の圧力を跳ねのけるほどの、体力も気力もお持ちでなかったのかもしれませぬ」

だが、山部はちがった。同情しないのである。

「太上帝の信仰は国家鎮護というより、自らの内にある弱い心との闘いだったのです。しかし、天皇たる者、勇気と決断力がなければ国の針路は決まりませぬ。臣下の信頼を得ることもできませぬ」

新笠にとっては意外な言葉であった。

「そのように聖武太上帝さまのことを悪く言うものではない。ご両親の愛を知らずに育つ悲しみは誰にも理解できないはずです。仏さまに帰依されたのも、その苦悩からにちがいありませぬ」

しかし、山部は引かない。

「強い天皇であっていただかなければ、官吏は困るのです」

山部は妙に絡んでくる。新笠は少し強い口調で言った。

「言っておきますが、そなたは天皇の臣下。あくまで孝謙天皇を支えなければなりませぬ」

「それは当初より覚悟をいたしております。でも、このままでは不安なのです。すでに道祖王(ふなどおう)さまが皇太子に決定しておりますが、なぜ太上帝が遊び好きの道祖王さまに遺詔(いしょう)されたのか理解できませぬ。それに仲麻呂さまも道祖王さまのことを好ましく思っておられませぬ」

道祖王は天武天皇の孫に当たる皇子であった。聖武は道祖の父親の新田部(にいたべ)親王が不遇な幼少期の自分を補佐してきた恩に報いようと、道祖王を皇太子に指名するよう孝謙に遺詔していたのであった。

「しかし仲麻呂さまといえども、太上帝の遺詔であれば従わねばなるまい」

「いいえ、恐らく仲麻呂さまは反対されるはずです。もう仲麻呂さまと対抗できる橘諸兄さまもおられませぬ」

橘諸兄は聖武の悪口を言ったという讒言(ざんげん)によって失脚させられていた。

「皇太后さまや孝謙天皇がおられる」
「いいえ、おふたりとも仲麻呂さまに丸め込まれておられます。天皇を天皇とも思われぬ仲麻呂さまによってこの国は揺らいでおります」
と、山部は元気なく都に戻った。

一応、遺詔どおりに道祖王は皇太子になった。だが、聖武が崩御して一年もしないうちに廃太子となってしまう。聖武の喪中であるにもかかわらず侍童と姦淫したり、宮中の機密を巷に漏らしたり、夜中に勝手に春宮を脱け出して私邸に戻るなど、素行不良であった。

孝謙天皇がたびたび戒めても悔い改めなかったため、皇太子を廃することの是非を問うと、右大臣・藤原豊成をはじめとする議政官は一致して廃太子に賛同したという。

そこで孝謙天皇は、新しい皇太子を議政官に諮った。右大臣の藤原豊成と中務卿の藤原永手は「塩焼王」、摂津大夫の文屋智努と左大弁・大伴古麻呂は「池田王」と意見が分かれた。ところが、藤原仲麻呂は天武天皇の皇子・舎人親王の七男の「大炊王」を強硬に推した。そして大炊王を立太子させることで議政官を一致させた。

そこには仲麻呂の計算があった。仲麻呂は自分の長男の真従を失っていた。その未亡人である粟田諸姉を大炊王の妻に迎えさせていた。孝謙天皇は仲麻呂の言いなりに動いているかのように見えた。

山部の初恋の相手は百済王敬福の孫の明信という女性であった。山部が新笠に連れられて百済王宮を訪れたころの明信はまだ幼かったが、今では見事に馬を乗りこなし、自在に鷹を操っていた。

その凛々しく成長した姿に山部は惚れ込むと、入省を果たした暁には明信を自分の妻に迎えようと考え、大学の休暇を利用してはたびたび交野に通っていた。山部は敬福に直談判を申し入れた。

「お母上は白壁王どのと別れられたそうですな。斑鳩の里でさみしい日々を過ごしておいでで ございましょう」

と、敬福は笑みをうかべる。

敬福は五十八歳。堂々とした体躯で白髭をたくわえ、鋭い眼光を放っている。敬福の願いは日本の支援によって百済を再興させることにあった。

「母は元気に過ごしています。意外にも清々しくしているようです」

「ほう、さすがに新笠どの。昔からさばさばしたご性格でした。よいお母上でございますな……。して、本日はどのようなご用でございますか？」

髭をなでる敬福に山部は頭を下げた。

「私は来年、大学を卒業すると太政官に入省することになります。入省を果たしたら明信どのを妻にいただけませぬか」

大学では最大九年間の在籍が認められていたが、山部はすこぶる成績優秀であったので学習期間に関係なく大学寮の推薦を得て、官吏として任用されることになっていた。

山部の申し出に敬福は目を丸くし、髭をなでる手を止めた。

「このところ山部さまが、しきりに交野にお越しのご様子をふしぎに思っておりましたが、そういうことでございましたか」

「お許しいただけますか？」

「……山部さまの父君の白壁王さまは天智天皇の孫に当たられるお方。当家と深い関係にある以上、山部さまになんら不足はございませぬ……。なれど、その儀についてはお応えいたしかねます。明信には決まった人がおりまするゆえに」

と、敬福は言った。

「決まった人？　いったい、どなたですか！」

「それは申し上げられませぬ」

敬福は申し訳なさそうに横を向いた。

「しかし、明信どのも好きだと打ち明けてくれました」

「ほう、そう申しましたか……。なれど、明信に婿を選ぶ権利などありませぬ」

「なにゆえ？」

「すでに先方と約束を交わしております」

「相手はどなたにござりましょう？」

「先ほども申したように、それはお話しできませぬ」

そう言ってから敬福は座を立った。

気持ちが収まらない山部はふたたび明信を問い詰める。

「相手はいったい誰なのだ。そなたは私のことが好きだと言ったではないか。あれは嘘だったのか！」

苛立つ山部に明信はついに打ち明けた。

「……藤原継縄（つぐただ）さまです」

「継縄？」

継縄といえば藤原南家、右大臣・藤原豊成の嫡子であり、仲麻呂の甥に当たる人物でもあった。だが、山部より十歳も年上である。

「そなたは継縄さまのことが好きなのか？」

「お会いしたこともないお方でござりますが、祖父に逆らうことはできません」

そこで山部はふたたび敬福に面会を求めた。

「なにゆえ継縄さまなのです？」

「あれほど他言無用と言い含めておいたのに困ったやつじゃ……。ただ、そなたには何の関係もないこと。明信にはこの王家に生まれた者としての宿命があるのでござります」

「新羅に奪われた百済を取り戻すために、藤原南家と血縁関係を結んでおかねばならないということでござりましょうか？」

「そなたがどう思われようと、否定も肯定もいたしかねます」

「好きでもない男と一緒になる明信どのが哀れではござりませぬか。お願いでござります。どうか私に明信どのをください」

と、山部は深々と頭を下げた。

「お断りします。山部どの、おあきらめくだされ」

明信が藤原継縄のもとに嫁いでいくと、山部は元気を失った。

「どうか、おあきらめくだされ」

「……所詮、力なき者が何を言っても通じない現実と知りました」

「人間には本縁というものと仮の縁というものがあるのです」

「仮の縁？」

「これは本縁ではなかったということでしょう。そなたはまだ十八歳。来年は入省する年。結婚のことを考えるのはまだ早いということなのです」

それでも山部は未練をもっているようであった。

「女はいったん決めれば迷いを捨てる。でも、男は未練がましく後追いをする。どうせ悩むのなら、もっと大きなことで悩みなされ」

山部の初恋は晩秋の枯れ葉とともにあっけなく散った。だが、のちに山部が桓武天皇となったとき、夫の藤原継縄が亡くなると、明信を女官として後宮（こうきゅう）に呼び、「尚侍（しょうじ）」という女官長の立場を与えた。明信は桓武のもとで後宮を取り締まることになる。

乱

山部（やまべ）が大学寮の推薦を受けて式部省の官吏になって二年が過ぎた夏、新笠はこしらえた衣類をわたすために、朝廷から提供されていた山部の住まいをめざした。都へ入ると朱雀大路一帯はごった返すように人が群れ、あちこちから泣き声がこだましていた。

「なにかあったのですか？」

と、新笠は横の女性に尋ねた。

「流罪です。島にながされる人を見送っておられるようです」

（そう言えば……）

七月に橘奈良麻呂（たちばなのならまろ）が乱を起こしたことを新笠は思い出した。泣き声は、奈良麻呂の味方に付いた皇族や廷臣たち家族のものであった。

奈良麻呂は橘諸兄の嫡子である。乱の原因は紫微中台の長官・藤原仲麻呂打倒の謀議をめぐらしたことにあった。発端は父の諸兄が、聖武太上帝が病気で伏していた際に酒席で聖武に対する不敬の発言があって、それを側近に讒言されたことを受けて辞職し、失意のうちに死んでいったのである。

　孝謙天皇による仲麻呂への寵愛が強くなったころから、奈良麻呂は長屋王の遺児である黄文王（きぶみ）を擁立して謀反の企てをはじめていた。そもそも奈良麻呂は、父の諸兄とともに安積親王派であったことから、聖武天皇の皇女の阿倍内親王が即位することに反対していた。阿倍内親王が皇位に就けば、依然として藤原家の介入がつづくからである。

　そして今回、大伴古麻呂、小野東人（おののあずまひと）ら政府高官たちをあつめて仲麻呂排除の密議をおこなった。父の失脚と死という私憤もあったが、許せないのは仲麻呂の専横にあった。仲麻呂は孝謙の寵愛を受けて「田村第（たむらだい）」と呼ばれる高楼に住み、権勢をほしいままにしている。

　しかも、仲麻呂は自分が迎えた養子の大炊王を皇太子とした。聖武太上帝が、次の天皇にと遺詔していた道祖王を廃したのも、大炊王の即位のために邪魔だったからと思うと、卑怯な手口で天皇権力にすり寄る仲麻呂に対して義憤を抑えることができなかった。そこで奈良麻呂はたくさんの皇族や貴族をあつめて仲麻呂政権の打倒を協議していたが、それは朝廷の許可はおろか、届け出さえしていない会合であった。

　そして密告によって一網打尽に捕縛された。孝謙天皇は、奈良麻呂が光明皇太后の遠戚であったことから、死罪を減じて流罪に処する勅を下していたが、仲麻呂は政治の粛正を図らねばならないという大義名分をふりかざして断固として手をゆるめず、拷問のあげくに奈良麻呂を獄死させた。

拷問の果ての獄死者は皇族として道祖王、黄文王のふたり。皇族の安宿王、仲麻呂の兄に当たる右大臣の豊成は左遷させられ、他にも多くの人びとが流罪、徒罪、没官の処分を受けた。

流罪は罪の重さに応じて遠流、中流、近流の三等級があった。徒罪は罪人を獄に拘禁して一定の年数、労役に服させる刑罰である。鉄製または木製の首かせを付けられ、男囚は建設工事や平城京の清掃、女囚は裁縫や精米の作業に使役させられた。ちなみにこのときの罪人の総数は四四三人にのぼったと『続日本紀』はつたえている。


新笠は朱雀門を横切って山部の家に行ったが、あいにくまだ帰宅していなかった。仕方がないので佐保川の川べりを散策した。

青く澄んだ空にながれる白雲が、水面に木々の影を落としていた。静かに流れる川の淵の石原では小鳥たちが水遊びを楽しんでいる。自然にはおのずからなる美と調和がある。

だが、人間の世界には闘争と殺戮がある。あるものは混乱と無秩序であり、血にまみれたひしめきである。

なにがいったい人間を狂わせているのか――。

どこがまちがっているのか――。

考え詰めると欲望以外の何物でもないような気がした。

人は欲望をなくしては生きていけないのか――。

と考える。

しかし、欲望を否定することもできないのである。

昼下がりに山部は帰ってきた。

「母上、いらしていたのですか？」

と、山部は額の汗をぬぐいながら笑う。

「お仕事でしたか？」

もう山部は二十歳。背丈が高くなり体格も一段とがっしりしてきたが、このところの奈良麻呂の乱の収拾で帰宅は遅くなっていた。山部は入省した式部省で、文官の人事考課、礼式及び叙位などの仕事にたずさわっている。

「都は蜂の巣をつついたような騒ぎですね」

「なにせ四四三人の処分でございますから……」

「そのように多くの方々が……」

「ただ、このままでは終わりますまい。まだひそかに仲麻呂さまを打倒するための密議はおこなわれています」

と、山部は言った。

「まさか、白壁王さまは関わっておられませんよね？」

と、新笠はきく。

「まだ父上のことが気がかりですか」

と、山部は笑う。

「そなたのために心配しているのです」

「私のために？」

「もし白壁王さまが謀反などに関わっておられたら、そなたにまで害が及びましょう」

「ご心配無用です。今、父上は大きなお仕事をなさっているようです。このたび穀物を保管する倉庫を全国各地に設置されるよう朝廷に提言なさったようです」

「穀物倉庫？」

「できるだけ通気をよくし、長く保存する。そして穀物の値段が高騰している地方にそれを供出する。これを統括する機関を設置して全国の穀価を調整しようというわけです」

「そう、それならばいい」

かつて自分が提案したことであったが、とりあえず新笠は安心した。

「仲麻呂さまから呼ばれたとき、ご自分にも嫌疑がかかったのではないかと、震えながら紫微中台に出向かれたそうですが、父上は今では朝廷になくてはならぬ重要な人材になっておられます」

新笠は胸をなで下ろした。


「このままでは終わらない」と山部がにらんでいたとおり、乱の収拾が図られると孝謙天皇は引退して「上皇（じょうこう）」になり、皇太子であった大炊王が淳仁（じゅんにん）天皇として即位した。その一方で、孝謙上皇は、仲麻呂を「大保（たいほ）」（右大臣）に任じ、「恵美押勝（えみのおしかつ）」という姓名を与えた。

「恵美」とは、仲麻呂を見るたびに微笑ましくなることを意味し、「押勝」とは押し切って政敵に勝つという意味である。その上、上皇は唐好みの仲麻呂に媚びて官名を唐風に改めさせ、銅銭の鋳造権まで与えた。

しかし、ついに仲麻呂にも終焉のときが迫っていた。天平宝字（てんぴょうほうじ）四年（七六〇）六月、光明皇太后が五十九歳で卒去すると、孝謙上皇と仲麻呂の間に亀裂が生じることになったのである。

孝謙はすでに四十二歳というのに、仏教国家の樹立という聖武の遺詔を全うすることができずにいた。たしかに聖武の発願どおりに、六十余州に国分寺と国分尼寺は建立された。だが、最初は朝廷からの支援によって支えられていたが、しだいに財政不足から支援が行きとどかなくなり形骸化していた。

頼みの綱は仲麻呂しかいなかったが、仲麻呂は仏教のことよりも新羅征伐のことのみを考え、軍船三九四隻、兵士四万人を動員する新羅遠征の軍事行動を企てている。七年前、唐で正月の参賀がおこなわれた際、席順をめぐって日本が侮辱されるという事件があった。この年の十月にも新羅使が無礼をはたらいたことから、仲麻呂が恨みをもっていることは承知しているが、新羅に侵攻したところで勝つ保証はない。しかも唐が参戦する事態になると、日本は焼き尽くされるかもしれない。

かつて天智天皇が唐・新羅の連合軍に敗れたとき、日本は唐や新羅の進軍を恐れて、膨大な財と労役を投入して、水城（みずき）（現・福岡県大野城市、春日市、太宰府市）、基肄城（きいじょう）（現・佐賀県三養基郡）を築いて防衛の強化を図った。かりに勝利したとしても、さらなる防衛には莫大な資金を投入しなければならないのである。

このころから、ふたりの間に「国家鎮護」についての齟齬（そご）が生じた。孝謙は仲麻呂の行動を無謀と思うが、仲麻呂は頑として自分の考えを譲らなかった。

そして、対立の果てに孝謙は病床に伏してしまう。そのとき弓削道鏡(ゆげのどうきょう)という僧が孝謙の病気を看護した。道鏡は若いころから葛城山(かつらぎざん)での厳しい山岳修行によって法力を身につけた高僧と評されていたため、看護禅師として孝謙上皇の相談相手を務めるようになった。

孝謙が道鏡をそばに侍らせるようになったのは、かつて聖武が僧の玄昉を寵愛した再現にほかならなかった。

このままでは藤原広嗣のような乱が起こるやもしれませぬ——。

だが、孝謙は仲麻呂の諫言(かんげん)を受け入れなかった。

言葉さえかけてもらえなくなった仲麻呂は、自分の言いにくいことは淳仁天皇を通じてつたえさせていたが、その淳仁がたまたま孝謙上皇の逆鱗にふれる言葉を口にした。

「上皇さまと道鏡どのが男女の仲だという噂がひろまっております。道鏡どのをお遠ざけなさるべきでございます」

「仲麻呂から言い含められたか?」

「臣下の噂にございます」

「それは下衆(げす)の勘繰(かんぐ)りというものじゃ!」

と、檜扇(ひおうぎ)を投げつけて立ち去った。

淳仁もまた理解していないと見てとった孝謙上皇は、それ以来、法華寺に籠るようになった。朝堂院に姿を見せたのはそれから八か月後のことであった。

そして袈裟をまとった出家の姿で、いきなり「大権の占有」を宣言した。小さなことは天皇の裁可でかまわないが、国の大事に関わる昇叙や賞罰に関することはすべて自分がおこなうということであった。

いったん政治から身を引いた上皇が、天皇の権限を奪うということはあり得ないことだが、そこにはきたる仲麻呂との一大決戦のために上皇派を増やしておきたいという伏線があった。淳仁は孝謙から皇位を譲り受けた手前、この宣言に抵抗することができないでいた。

一方、そうした変則的な状況にあって、仲麻呂は次々に自分の子どもたちを参議として固め、朝廷の権限を自らに集中しようとした。

ここで立ち上がったのが藤原宿奈麻呂であった。宿奈麻呂は佐伯今毛人、石上宅嗣、大伴家持など、それまで反藤原派であった旧廷臣たちと派閥横断的に手を結び、仲麻呂打倒の方策を練った。

宿奈麻呂には新羅の無礼な態度を許せない気持ちもあったが、私腹を肥やす仲麻呂のことが許せなかった。それは仲麻呂排除のためであって、天皇家に対する謀反ではない。しかも、ここで立ち上がっておかねば永遠に藤原式家の出る幕はない。のるかそるかの博奕であったが立ち上がった。だが、密告によって捕らえられてしまう。

「仲間の名を白状せよ!」

と、刑部省の役人から宿奈麻呂は百叩きに合い、刑具で締め上げられ、一味の名を明かすよう迫られた。が、頑なに口を閉ざし、同志の名を明かさなかった。そして、ここで白壁王が立ち上がった。

「あのお方は強い。見るに堪えない拷問というのに一向に口を割る気配がない」

と、兵部省の役人の言葉を小耳にはさんだ白壁王は、紫微中台にいる仲麻呂の説得に出向いた。

「宿奈麻呂は藤原家の同族。もし、死罪にでもすれば藤原式家は乱を起こし、一門は分裂するどころか、都は血の海になるでありましょう。曾祖父の鎌足公、祖父の不比等公も悲しまれることでござりましょう。新羅征伐どころではなくなります」

さらに妻の井上内親王を通じて孝謙上皇にも謁見した。

「このたびの一件は宿奈麻呂の憂国の一念から起こったものにござります。宿奈麻呂はこれからの世になくてはならぬ人物。藤原南家と藤原式家が対立すれば、亡き光明皇太后さまがどれほどお悲しみになるかしれませぬ……」

この進言によって宿奈麻呂は死罪を免れることができたが、仲麻呂はしだいに佐伯氏、石上氏、大伴氏などの旧廷臣はおろか、同族の藤原一族からも敵視されるようになり、その風向きを察知した淳仁天皇からも距離を置かれるようになった。ここで完全に孤立した仲麻呂は、淳仁天皇の代わりに新帝を立てて身の安全を図ろうとした。

塩焼王――。

天武天皇の孫で、新田部親王の子である。

それを知った孝謙上皇はこれを「謀反」と判断し、淳仁を通じて勅使を派遣し、官位、俸禄のすべてを剝奪することを仲麻呂につたえさせた上で、駅鈴と玉璽を淳仁から奪った。駅鈴がなければ軍馬は調達できない。玉璽がなければ天皇の勅は下せない。

ついに仲麻呂は逆賊となり、吉備真備が朝廷軍を動かすことになった。だが、仲麻呂はむざむざ殺されようとはせず、平城京を出ると、自分の勢力下にあった近江で朝廷軍と対決した。

結果、仲麻呂は琵琶湖で誅殺、塩焼王も斬殺され、仲麻呂に味方した船王、池田王、笠王、山口王、他田王、河辺王など十五人の天武系皇族が臣籍降下の上に流罪に処せられ、淳仁も退位させられた上で淡路島にながされてしまった。

有頂天になって、ひたすら功名の道を突っ走り、自制の心を失っていた仲麻呂は、秋風が吹く琵琶湖で家族とともに湖上の露と消えた。栄耀栄華の人生であっただけに最期は哀れであった。

この乱では、上皇側に味方して朝廷軍に回った藤原式家や白壁王の功績が大きく評価された。そして孝謙上皇は四十六歳にして尼僧のままで重祚し、「称徳天皇」を名のった。天平宝字八年（七六四）、この仲麻呂失脚にともなって新羅征討の議は中止され、新笠の百済再興の夢は完全についえた。

この乱の少し前、能登は市原王に嫁いでいた。市原王は写一切経長官、東大寺大仏造営の監督を経て、造東大寺長官に就任していた。

梅の花　香をかぐはしみ　遠けども　心もしのに　君をしぞ思ふ　（『万葉集』）

「梅の花の香りをかぐにつけ、遠く離れていても、いつもあなたのことを想っています」という、市原王のこの歌は能登のために詠んだと思われる。

能登は明るく、親孝行な娘であった。母の新笠が白壁王と別れて以来、なにかと早良の面倒を見ながら家業の養蚕や畑仕事など、新笠の身の周りを手伝っていた。能登は二十五歳。斑鳩の家を出るとき、はらはらと涙をながした。

「私が都に出ればこの家は母上だけになります。まだ早良は幼くござります……」

新笠は、能登の姿にかつての自分を重ねた。同じようなことを言ったとき、母の真妹(まいも)は
「好きな人と一緒になったほうがいい」と背中を押してくれた。

「心配などせずともよい。あなたは市原王さまのもとで幸せになりなさい」

こうして能登は都に出た。

能登が嫁いでからというもの、新笠は畑を耕したり、養蚕をしたり、機織りをしながら、ほそぼそと生活を送っていた。山部も時折、都から駆けつけて早良に文字の読み書きを教えていた。そんな斑鳩も春霞(はるがすみ)がたなびく季節になった。

ちょうど桜はうららかな陽光に照らされている。新笠は畑仕事の手を止めて腰を伸ばすと、ながれる汗をぬぐいながら、

「少し休もうか」

と、早良に声をかけた。

「そなたも間もなく十一歳。そろそろ将来のことを考えねばなりませぬ。兄上は十三歳で大学に入られた。そなたも兄上のように官吏になりますか?」

「官吏にはなりませぬ。ならぬほうがよいと兄上はおっしゃいました」

「なぜ?」

「官吏としてこの国のために一生をなげうっておられるのに、政争ばかりでおつらい毎日のようです。兄上は官吏になられてから、ずいぶん苦しんでまいられました。私はそのお姿を見てきました」

新笠は山部の気持ちを早良のように受け止めていなかった自分を少し恥ずかしく思った。栄達のことばかりにとらわれていたような気がした。

「……そうか」

そうあいづちを打つしかなかった。

「政治のお仕事は理想とは遠いものがあるようです。かつては『論語』や『中庸』などを教えていただきましたが、今はまったく教えてくださいませぬ。理由をきくと、役に立たぬとおっしゃいました」

「役に立たぬ?」

「理想と現実はちがう、とおっしゃいました」

すでに大学寮の長官になっている山部が弟の早良にそこまで語るほど苦しんでいるとは思わなかった。いつまでも子どもと思い込んでいたが、子どもたちは子どもたちなりに自分の考えをもつようになっている。

「……そうか、ではどうします？」

「兄上は、私のことを心配してくださり、そなたを苦しめたくない。官吏よりも僧がよいのではないかとおっしゃいました。僧になることはできませぬか？」

「僧？」

「この国が疫病や洪水や乱などがない平安な国になるよう仏に仕えたいのです。また、兄上の気持ちを安らかにするためにも大仏さまに祈りたいのです。もし、それが叶わぬのなら、このまま母上と一緒にこの地に残りたいです」

こうして山々に新緑が萌えるころ、早良は東大寺の沙弥（しゃみ）として入山した。沙弥とは年少の見習い僧のことである。入山に際しては、能登の夫の市原王が力を貸してくれた。造東大寺長官であったことから、市原王は早良のことを東大寺に依頼してくれたのであった。

守る苦しみ

それから四年の歳月がながれた。久しぶりに新笠は都へ出ると、右京七条二坊にある能登の家を訪ねた。能登は市原王との間に五百井（いおい）と五百枝（いおえ）のふたりの子をもうけている。市原王は治部大輔（じぶたいふ）、正四位下に昇叙され、その仕事のかたわらで歌を詠む平穏な生活を送っていた。

その一方で、能登はこまめに早良の身の周りも手伝っていた。仏門に仕えるといっても早良はまだ学僧。幸いにも東大寺は能登の屋敷から近い場所にあったので、白衣や襦袢（じゅばん）をつくって、早良に届けたりしていた。

そんなある日、能登の家に早良がやって来て、嬉しそうに言った。

「母上、少し前、帝が東大寺に行幸なさいました。しばらく大仏に経を誦されてから、私に声をかけてくださいました」

「ほう」

「そなたの父は誰ぞ、ときかれました。白壁王、とお答えすると、あの白壁王の御子にあらせられるかと驚かれ、そなたの父上は民、百姓のために尽くしておられるから、そなたも日々に国家安穏を祈るように、とお声をかけてくださいました」

「そうですか。それはありがたいことでしたね」

「胸が熱くなりました。涙が出るように嬉しゅうございました。ただ、世間では帝と道鏡さまの良からぬ噂が立っております……」

早良はまだ十五歳である。純粋な年ごろの子どもに、巷の醜聞などきかせたくなかった。

「さような噂を信じてはなりませぬ。そもそも悪口は十悪業の一つ。しかも帝への批判は不敬罪です」

「私は帝のことを疑ってはおりませぬ。師の良弁さまも困っておられるようです。私は世間の噂など信じておりませぬ」

「そなたに政治のことは関係ない。大仏さまにこの国が安穏になるよう一心に祈ることが大切ですよ」

早良が帰ると、入れ替わるように白壁王がやって来た。新笠にとって、じつに十三年ぶりの再会であった。予想したとおり、白壁王は井上と一緒になったことでとんとん拍子に出世を遂げ、今では大納言に昇進していた。それにしてもすっかり白髪が増えている。

「子はかすがいとはよく言ったものだ。そなたも息災のようだな」

と、白壁王は笑う。新笠は頭を下げた。

「このたびの仲麻呂さまとの戦い。ご勝利おめでとうございます」

「いや、仲麻呂どのを討伐したのは吉備真備どのと藤原一門だ。私はなにもしておらぬ」

と、手をふった。

「いいえ、白壁王さまが宿奈麻呂さまをお助けになられたからこそでございます。仲麻呂さまや帝にもご進言なされたそうで。ご勇気に感服いたしました」

「宿奈麻呂のおかげで今の私がある。その恩を返すのはそれくらいのことしかない……」

と、白壁王は顔を伏せる。

「大納言というお仕事はお忙しいことでございましょう」

「忙しいが、そろそろ引退しようと考えている」

と、苦笑いをうかべた。

「引退していかがなされます？」

「まだわからぬ。そなたと一緒に斑鳩の里で過ごせるならば嬉しいが、そうもいくまい。それに遠くなれば能登や早良の顔を見ることもできぬ」

新笠は首を横にふる。

「まだまだ、白壁王さまのご活躍はこれからでござります」

「だが、正直に言って、そろそろ守る苦しみとは無縁の場所へ行きたいという気持ちもある」

「守る苦しみ?」

「政治というものは多くの敵をつくる。その上、栄進を果たした者にかぎって守る苦しみにのたうち回っている。そうなりたくはない……」

「お気持ちはわかりますが、どうすることもできない世の中でござります。気を強くおもちくださいませ」

すると能登が白壁王のことをかばった。

「母上、私には父上のお気持ちがわかります。できれば、ゆっくり余生を楽しんでいただければいいと願っております」

「せっかく大納言にまで昇進なされたのです。これからが本番ではありませぬか」

と、新笠は笑う。

「いえ、父上は無欲の人でござります」

新笠は能登の優しい気持ちにふれると、少し自分の心の汚れを感じた。早良もそうであったが、気持ちを酌み取る優しさがある。白壁王を出世させることで、山部をのし上げようとする考え方に醜さがあるような気がした。

能登の家を出て羅城門にさしかかったとき、足もとに白と黒の羽が散ってきた。見上げると、屋根の上で三羽の鳩がけたたましい声をあげながら舞っている。

そのとき一羽の烏（からす）がくちばしを空に突き上げて啼くと、たちまち四方から仲間があつまってきて、鋭いくちばしで鳩の雛を奪い取っていった。鳩の家族は悲しそうな鳴き声をあげながら、朱雀門の上を幾度も舞っている。白壁王が言った「守る苦しみ」のようなものを新笠はうっすらと感じた。

「守る苦しみ」は称徳天皇にもあった。それは父・聖武の遺勅（いちょく）を守るための苦しみである。もはや頼みの綱は弓削道鏡（ゆげのどうきょう）以外に誰もいなかった。

（道鏡に政治的な地位を保証してやらねば、自分の悲願は達成できない）

と、考えた称徳は、道鏡に「太政大臣禅師」という位を授けた。ちなみに、太政大臣禅師というのは、僧籍にありながら太政官のトップの座に就くことである。左大臣や右大臣より上の最高の職、今でいう総理大臣のことである。

ここで道鏡政権が誕生したが、称徳は一年後には「法王」の地位も与えた。法王とは仏教界の頂点に立つ者のことである。つまり、道鏡は政治と仏教界の最高指導者となったのである。

こうした事態に左大臣の藤原永手は困惑した。道鏡の弟子たちまでもが「法参議（ほうさんぎ）」として中枢の議政官に入ってきたため、仏教優遇政策に偏る危険があった。

しばらくすると山部が斑鳩の里にやって来た。

「姉上が嫁ぎ、早良が出家し、母上ひとりになられました。さみしくはありませぬか？」

「私のことは案じずともよい。それよりもたまには東大寺に出向いて早良の話し相手になってあげてほしい」

ところが、山部はここから信じられないようなことを言いはじめた。

「母上、いささか官吏としての仕事に疲れました」

山部は称徳天皇のことを信じられなくなっていた。巷では、称徳と道鏡が男女の仲にあるという噂がまことしやかにひろまっている。そのことを言い出すのではないかと思った。

「困った噂がながれている……」

「世間はなんとでも言うものです。私はそのようなことは信じておりませぬ。触女人戒（しょくにょにんかい）というのがあるのですから」

「触女人戒」とは、僧侶が女人にふれることを戒める戒律である。それを破ることは最も重罪とされていた。僧綱の筆頭には東大寺の良弁大僧都がいて、その下には戒壇院戒和上の法進がいる。法進は鑑真和上が日本に仏教をひろめるために付いて来ていた中国出身の僧であった。良弁、法進、鑑真の三人のことを深く尊敬している弓削道鏡がその戒律を犯すことはあり得なかった。

「では、なにゆえに官吏の仕事に疲れたなどと弱音を吐くのです」

「帝が描かれている理想像は仏教国家の樹立です。でも、それがこの国を真に救うとは私には思えないのです」

と、山部は大きなため息をつく。

「各地に国分寺、国分尼寺をおつくりになり、毘盧遮那さまをお祀りなさり、読経の法音がこだませば天帝もお喜びになり、この国は安泰になると考えられて仏教をひろめようとしておられるのでしょう」

しかし、山部は首を横にふった。

「この国の臣下が欲望を捨てて、天皇の国づくりに一致協力していくのであれば、平穏は得られるかもしれませぬ。しかし、人間は自己一身の欲望が強い動物なのです。そのような現実だからこそ、律令による国法が必要なのです」

称徳天皇はあくまで王法と仏法の一致による国づくりを考えていた。足下の毘盧遮那仏は乱れた世を浄化するものであったが、仏教は形骸化し、東大寺も閑散としていた。鎮護国家のために仏教を興隆させることを山部は否定しないが、「王法」と「仏法」を一致させることは非現実的と主張していた。

「そもそも仏陀は政治を捨てられたのです」

と、山部は言う。

「加えて、帝は道鏡さまのことを重用されすぎています。道鏡さまを皇太子になさるのではないかという憶測もながれています。でも、この国は僧侶が立太子されたことはありませぬ。かつて母上は自分が正しいと思ったら信念を貫くようおっしゃいました。私はいったいどうすればいいのかわかりませぬ」

新笠はなにも言えなかった。たしかに僧侶を立太子させた天皇は歴史上にいないが、かつて香薬寺で体験した官吏への不信が天皇への不信に発展していることを知って、新笠は愕然とさせられた。

「早良を僧にしたのはまちがいだったかもしれませぬ」

と、言い残して山部は家を出た。のちに、この山部の葛藤が奈良仏教の刷新を断行させることになる。

そんなある日、筑紫島（九州）の宇佐八幡宮からの神託がつたえられた。

道鏡を皇位に就かせるべし——。

道鏡を天皇にせよという託宣であった。ここには道鏡の弟の画策があったが、それを知らない称徳は迷った。この六十余州に国家鎮護の読経がこだまし、津々浦々の豪族たちも仏心をもって治世に当たるなら世の静謐が到来すると信じていたが、この国の皇尊は国引きの昔から皇族出身にかぎられている。その慣例を破って皇位まで譲ることが正しいかどうか。

そこで称徳は、その神託が事実かどうか確認するために、臣下の和気清麻呂を宇佐八幡宮に出向かせたのである。ところが、帰京した清麻呂はまったく反対のことをつたえた。

「宇佐八幡の御神託では、『我が国は開闢このかた、君臣のこと定まれり。臣をもて君とする、いまだこれあらず。天つ日嗣は必ず皇緒を立てよ。無道の人はよろしく早く掃除すべし』と下りました」

つまり、我が国が創られて以来、天皇と臣下の関係については決まっていて、皇族でない者が天皇になるということはあり得ず、天皇になる者は必ず天皇の血統を受け継ぐ者のみを用い、その道にない者は排除しなければならないという意味であった。

（いったいどちらが正しいのか？）

と、称徳は迷いに迷った。そのあげく、清麻呂の言葉を作り事の神託として流罪に処したのであった。

ところが、藤原氏をはじめとする廷臣たちから激しい反発を招いてしまった。乱を恐れた称徳は、道鏡に皇位を継がせないことを決めた。ただ、こうした称徳の迷走ぶりが皇位継承の闘争を招くのであった。

道鏡が法王になる直前にも、称徳天皇の実妹の不破（ふわ）内親王が嫡子の氷上志計志麻呂（ひかみのしけしまろ）を立太子させるために呪詛しているという密告が舞い込んだことがあった。直近でも和気王が謀反の罪でとらえられて絞殺されるという事件が起こった。称徳もまた守る苦しみにあえいでいるように新笠には見えた。

白壁王の即位

称徳は皇位をめぐる暗躍を憂慮して勅を下した。

「天下の政治は天皇の勅によっておこなわれるべきにもかかわらず、自分の欲するままに皇太子を選び立てようとする者がおる。そもそも皇太子の位は天が定めおかれ、授けられるものである。天地が霊妙な徴候をもってお授けになる人が現れるまで、人に誘われたり、人を誘ったりせず、それぞれが清らかな心をもって仕えよ」

つまり、みだりに皇位を求める者は厳罰に処するという意味である。このとき称徳は五十に近い年齢。早く有能な皇太子を立てねばならないというのに、自分の目にかなうような人物をどこにも見つけることができないでいた。ちょうどそのころ、次のような童謡が急に市井で流行しはじめた。

葛城寺(かずらぎでら)の前なるや　豊浦寺(とようらでら)の西なるや　おしとど　としとど

桜井に白壁しずくや　好き壁しずくや　おしとど　としとど
然すれば国ぞ昌ゆるや　吾家らぞ昌ゆるや　おしとど　としとど
（『続日本紀』巻第三十一）
（葛城寺の前だろうか　豊浦寺の西だろうか　桜井の井戸に白壁が沈んでいるよ。好い壁が沈んでいるよ。そうすれば　国が栄えるか　われらの家が栄えるだろうか）

井上内親王の館は大和郡山の葛城寺の前、豊浦寺の西にあった。桜井の「井」とは井上、「白壁」とは白壁王のことを指していた。つまり井上内親王の下に白壁王が沈んだままでは、国が栄えるものかという風刺の童謡であった。

これが手鞠歌のようにひろまっていくと、勅に違反する者として裁かれる。それを恐れた白壁王は、「酔狂」という演技を思いつき、大安寺の竹林で青竹を切って竹酒をあおると、真っ昼間の平城京下を千鳥足で歩き回った。周囲の軽蔑、批判の声を呼ぼうとしたのであった。

この演技は効を奏し、白壁王の評判は地に落ちたが、市井の噂が斑鳩にもつたわってきた。ここで新笠は山部の立場を考えるのであった。すでに山部は「大学頭」となっている。大学頭とは、大学寮の長官として大学博士、助教、及び音、書、算などの博士を統括し、学生を指導したり、その成績を定めたりする当代一流の文化人ポストである。まだ二十九という若さであるから、昇進をつづけていけば大臣の座も見えてくる。ただ、白壁王の信用失墜によって、その可能性が閉じられることになりはしないか、新笠は気がかりであった。

そこで都に出向き、山部を訪ねた。ところが意外にも山部の表情は明るかった。

「父上は父上、私は私でございます。人にはそれぞれ気性というものがあって、父上は天皇の座さえ望んでおられないということでございましょう」

「自分は自分の道を歩む、というのですね。こないだ、官吏を辞めたいと言っていたので、心配をしておりました」

「まだ悩みが消えたわけではありません。ただ、最近、私を励ましてくれる良き友を得ました」

「どなた?」

「種継や雄田麻呂(おだまろ)という藤原式家の友です」

「それは良かった」

と、新笠は安心した。

ところが、そのまま山部の家に滞在していたとき、激しい風雨の夜に、強く玄関戸を叩く音がした。新笠が立ち上がって戸をあけると、蓑をつけた三人の男が次々に入ってきた。

「種継でござります」

と、雨がしたたる蓑をはずして頭を下げた。種継と山部は大学の学生だったころからの親友である。

そして、もうひとりの男が頭を下げた。

「ご無沙汰をいたしております。新笠どの……」

「これは宿奈麻呂さま……」

新笠にとっては久しぶりの対面であった。宿奈麻呂はすでに白髭をたくわえ、頭髪も白くなっていた。位階は従三位（じゅさんみ）、太政官の参議となっていて、眉間に刻まれたしわが一段と貫禄をただよわせていた。新笠は言葉をかけようとしたが、宿奈麻呂は笑顔も見せず、自分の弟を紹介した。

「ここにいるのは、私の舎弟の雄田麻呂にござります」

だが、雄田麻呂も笑顔も見せず、あごを引いて上目づかいに小声で言った。

「どうぞよしなに……」

どこか陰険な不気味さのようなものがただよっていた。

（これが山部が言っていた「良き友」なのか……）

「こちらへ……」

一方の山部は驚くような様子もなく、ごく自然に部屋に通した。

「母上はご遠慮願います……」

と、そのまま彼らを奥の部屋に案内したが、狭い家のため板戸の向こうから話し声がきこえてきた。

「帝の崩御が間近いようにござります」

（称徳天皇が……）

新笠は耳を疑った。

「本日、まかりこしましたのは、山部どのにご承知おきいただきたいからでござります。左大臣、右大臣、参議をはじめとする議政官において急遽、皇太子を決めることになりますが、もし白壁王さまが皇太子の座をお断りになればすべては水の泡に帰しましょう」

と、種継の声がしてきた。

（白壁王さまが皇太子になられるというのか！）

新笠の鼓動が高まった。

「父上が皇太子に推戴されることなどあり得ませぬ。そもそも左大臣の永手さまが難色を示されるでしょう」

藤原永手は五十六歳。藤原北家の祖・藤原房前の次男である。永手は道鏡の法王就任と時を同じくして左大臣に昇進していた。永手は式家のように天智系にこだわっていない。

「いいえ、すでに永手さまからは白壁王擁立の約束を取り付けております。まず白壁王を皇太子に据える。その後、天皇が崩御されたら白壁王さまが皇位を継いで天皇になられる。そこまで話はかたまっております。ただし条件がございました」

「条件?」

「次の天皇に関しては他戸親王でなければならぬ、と永手どのはおっしゃるのです」

他戸親王は白壁王と井上内親王の間に生まれた子である。つまり、称徳の崩御後に白壁王が皇位を継承しても、次はふたたび天武系に戻すという約束であった。

山部が言った。

「吉備真備さまはいかがなのだろう。真備さまは文屋浄三(きよみ)、大市(おおち)さまご兄弟のどちらかを考えられているというではないか」

浄三と大市は天武系の皇族である。吉備真備は、称徳天皇の側近として右大臣を務めている。真備は聖武、孝謙、淳仁、称徳と四代の天皇に仕え、天武系の皇統を重んじる七十五歳の保守派重鎮であった。浄三は高齢を理由に辞退しているが、大市が乗り気というのである。

「その件についても、永手さまから真備どのを説得していただくよう、すでに手を打っております。白壁王さまの次は天武系の天皇に戻すという約束ならば、真備さまも反対される理由はありますまい」

と、種継が山部に説明していた。

「ただ、うまくいかず、吉備真備どのや他の議政官が大市さまを主張することもないとは言い切れぬ」

と、山部の声がきこえてきた。

「まあ、万が一こじれた場合に備えて、手はずだけは打っておきますがな……」

と、雄田麻呂らしき声がきこえてきた。

「次の手はずとは？」

と、山部がきく。

「その件については、私にお任せくだされ」

と、雄田麻呂は答えた。

「とにかく、本日は白壁王さまが皇太子になられる可能性があることをおつたえにまいったのです。これからは山部さまにも活躍の場がめぐってくることでありましょう」

と、宿奈麻呂の声がした。
その後の会話は雨音に遮られてよくわからなかったが、間もなくして風雨を衝いて式家の三人は帰っていった。新笠は寝所に入ったものの、胸騒ぎがしてまんじりともしなかった。

翌朝、新笠は山部の出仕を見送ると、しばらく能登の家に滞在してから斑鳩に帰った。

そして数日が過ぎたころ、白壁王が皇太子になったという噂がきこえてきた。

「破格の出世だ」

「そなたも何かおこぼれがあろう。それに山部さまも出世されよう。まことにめでたい」

土師一族や百済一族の人びとが新笠の家にやって来た。口々にそう言って祝い合うが、自分たちへのおこぼれも期待しているのである。

称徳女帝が崩御すると、白壁王がいずれ皇位に就くことはまちがいない。それを思うと新笠も胸が熱くなったが、どことなく気にかかることもあった。それは、この立太子に際して藤原雄田麻呂が陰謀を企てたのではないかという疑念である。

雄田麻呂と山部は仲がよい、ということも不安の一つであった。能登の家に立ち寄ったとき、市原王から話をきかされていたからである。

「山部どのは雄田麻呂どのと昵懇の間柄のようでございます。ただ、雄田麻呂どのにはよくない評判がながれております。天皇が体調を崩された由義宮の接待官は、雄田麻呂どのでした。いささか案じております」

もし、雄田麻呂が称徳天皇に毒を盛ったとするなら由々しきことである。ただ、そこに山部が関与しているのではないかという不安もあった。

神護景雲四年（七七〇）八月、称徳天皇は平城宮の西院寝殿で崩御した。五十二歳であった。称徳は哀れな生涯であった。道祖王は廃太子され、淳仁天皇は流罪となり、仲麻呂からは裏切られ、夢を託した道鏡も失脚し、聖武のときは百人以上の看護者が付いたというのに、国をあげての病気平癒の祈願もなく、わずかな看護者に見守られながら寂しく息を引き取った。

そして二か月後、ついに白壁王は第四十九代「光仁天皇」として即位した。翌月には井上内親王が皇后、翌年には十歳の他戸親王が皇太子に立てられた。山部にも天皇侍従としての仕事が与えられ、「山部親王」と呼ばれるようになった。

しばらくして斑鳩にやって来た山部は嬉しそうだった。

「母上、ついに父上が即位されました」

「皇位を求められた皇族が失脚され、出世などにまったく関心を示されなかった父上が皇位に就かれるとはふしぎなものでございます。後ろから付いてきていた老馬が、駿馬に競り勝ったようなものですね」

と、牧野(ばくや)で訓練されている馬に喩えて山部は笑う。

「いったい天皇にはどのようなお仕事があるのですか?」

「貴族や官吏の位階の改廃、衛府や軍団兵士に対する指揮命令権、律の刑罰に対する勅断、外国に派遣する決定、皇位継承に関することなど重要なものばかりです」

「対応をまちがえれば、乱を招く恐れがあるのですか」

「その可能性はございますが、父上には藤原式家という強い味方がついておられますから大丈夫でございましょう」

と、山部は笑う。

だが、新笠は手放しでは喜べない。「手はずは打っておく」と言った雄田麻呂の言葉が気になるのである。

「その式家のことですが、こないだいらしていた雄田麻呂というお方はどのようなお人なのでしょう?」

「父上を皇位に就かせるために全力を尽くしてくれた恩人です」

「ただ、あの由義宮で称徳天皇が病床に斃（たお）れられたとき、接待官として帝の飲食に毒を盛られたという噂もあります」

「世間の者は何とでも言いましょう。でも、雄田麻呂はそのような非道を犯す人間ではありませぬ」

と、山部は笑い飛ばす。

「そもそも父上はどのような経緯で立太子されたのか？」

新笠が追求するうち、しだいに山部は怪訝（けげん）な表情になった。

「なぜ、そのようなことをおききになるのです？」

「高齢である、引退したい、と父上はおっしゃっていたではありませぬか」

「太政官には議政官会議というものがあります。立太子や皇位はそこで決められるのですが、称徳天皇の遺詔が残されていたそうです」

「遺詔？　その遺詔には何と書かれていたのでしょう？」

「白壁王は諸王の中で年齢も高く、天智天皇の功績もあるゆえ皇太子に定める、と記されていたとき及んでいます。これによって文屋大市さまを推された議政官もあきらめられたそうです。それにしても母上はなぜ、そのようなことをきかれるのですか？」

「白壁王さまが天皇になられたことは喜ばしいことですが、その遺詔が本物かどうか、何となく気になるのです」

「遺詔を疑われるのですか！」

と、山部は目を丸くした。

「こんなにも急に天武系の皇統が断たれてしまうというのに、称徳天皇がそれを認められたというのが解せぬのです」

「もはやこのご時世、天武系、天智系と区別する必要はないとお考えになられていたのかもしれませぬ。しかも父上は井上内親王の夫君。大納言という官位からしても天皇に最も近い位階におられたのですから」

「ならば、その遺詔についてはよしとして、もう一つ気になることがあります」

そして、ここから新笠は核心に迫る質問をした。

「そなたが雄田麻呂さまと昵懇にしているという噂がある。要らぬ節介かもしれぬが、雄田麻呂どのとは付き合わぬほうがいいように思います」

山部の顔色が変わった。

「なにゆえ、母上からそのようなことを言われなければなりませぬ！」

「私はあの鋭い目のなかに策士であることを見ました」

「母上は外見で人を判断されるのですか？」

山部は新笠をにらんだ。

「外見ではありませぬ。あのお方の目の奥にある光からそう感じるのです」

「私は雄田麻呂からいろいろなことを学んでおるのです。雄田麻呂はこの国を強い国にするための政策や私が取るべき行動について教えてくれております。私にとって雄田麻呂は心の支えなのです」

「『力を以て仁を仮る者は覇なり』、『君子は危うきに近寄らず』とも言われています」

「母上、私は大学頭ですぞ。そのようなことは釈迦に説法というものです。もう子どもではありませぬ」

と、山部は声を荒らげて立ち上がった。

新笠は山部を見上げて言った。

「そなたには人間としての正道を踏みちがえてほしくないのです」

正道

天皇になった光仁は朱雀門の前で人びとから祝賀を受け、しばらく歌や踊りに興じた。光仁は井上皇后をはじめ後宮の女官たちのなかに新笠を招いた。新笠としては自分の身分の低さから断りたかったが、天皇の命令とあればそうもいかず、恥を忍んで下座にならんだ。

宴が終わると、新笠は光仁から朝堂院に呼ばれた。

「新笠よ、よもやこの歳になって皇位に就こうとは思いもしないことであった。一言そなたに礼を言いたかった」

玉座に坐る光仁の姿を見ると、涙が込み上げてきた。

「申し訳ありませぬ。昔のことが思い出されまして……」

と、新笠は涙をふくと、改めて頭を下げた。

「天皇のお仕事は大変であるとおききしております。どうかお身体を大切になされますように」

「みなの期待を裏切らぬよう努力をしなければなるまい。ただ、一つだけそなたに頼みたいことがある。きいてはくれぬか」

「はい、なんなりと」

「先帝は私に遺詔を残されていたという。だが、孤独なお方であった。不憫（ふびん）でならぬ。よって私に代わって先帝の陵（みささぎ）を慰めてくれぬか」

光仁は称徳天皇の山陵に花を手向けてほしいと言った。称徳天皇の山陵は平城宮の北にある高野原という場所に築造されつつあった。

「斑鳩の地は離れがたいかもしれぬが、新しい住まいは高野に準備する。身の周りを手伝う使用人も幾人かつけよう。そなたが好きな養蚕の仕事もできるように準備させる」

と、光仁は頭を下げた。新笠は光仁の背中を押してきたこともあって断れなかった。

「……わかりました。長い間のご苦労を労（いたわ）って差し上げたいと存じます」

と、光仁の依頼を受け入れることにした。

そして光仁は思いがけないことを言った。

「これからは高野新笠（たかののにいがさ）と名のるがよい」

「高野新笠……」

「かつて、そなたは百済の出自であるがゆえに差別されていた。和氏の姓のままであれば、いつまでも偏見を味わうことになろう。そなたの負い目を軽くしてあげたいのだ」

「もったいないお言葉。痛み入ります」

新笠は光仁の思いやりに涙があふれてきた。

光仁の人道的な治世はすでに皇太子のときからはじまっていた。称徳天皇の崩御によって道鏡政権が崩壊したとき、議政官会議で道鏡を流罪に処すべきという話も出たが、白壁王は薬師寺の別当に任命するという寛大な措置をとり、宇佐八幡神託事件で大隅に流罪されていた和気清麻呂も都に召還させた。

また、天皇になってからは、辞職を願い出た吉備真備に対して、引きつづき右大臣の職にとどまるよう慰留した。仲麻呂の乱に加担して刑罰を受けていた皇族たちの罪も許した。配流（はいる）の地にとどまりたい者は望みどおりにさせ、帰郷を願う者があれば帰郷を許し、帰る路銀がない者には通過する諸国に命じて食料と馬を支給させた。

光仁がとった太政官人事の特徴は、藤原式家を政権の中枢に登用したことにあった。称徳天皇は豊成、仲麻呂など藤原南家を政権の中枢に据えたが、こんどは式家が頭角を現すことになった。

最大の功労者は宿奈麻呂であったことから、宿奈麻呂は中納言から一挙に「内臣（ないしん）」の座に上がることになった。そして「良継（よしつぐ）」と名前を変えた。雄田麻呂も参議に任じられ、「百川（ももかわ）」と改名した。

居を高野に移した新笠は、畑で花や野菜を育て、称徳天皇の山陵に花を手向けながら、ふたたび養蚕と耕作に励むことにした。かつて養蚕の仕事は家族だけでおこなっていたが、光仁の配慮もあって、侍女の足羽（あすは）を中心として五人の使用人の助けを受けることになった。幼虫の育成、繭炊（まゆた）き、生糸抽出、機織りなど、すべての工程が根気と観察を要する仕事であったが、手を入れれば応えてくれる。一番嬉しかったのは、蚕が良い生糸をつくってくれたときである。天日に干した生糸がきらきらと光沢を放ち、その柔らかさにふれるときはこの上ない喜びを感じた。

独立してしまった子どもたちへのさみしさはあるが、娘の能登は市原王のもとでふたりの子と幸せな日々を過ごし、早良は僧侶として仏に仕え、安穏の日々を送っている。山部に対する心配は残っているものの、光仁の侍従から中務省の長官に昇進して忙しく動き回っている。

白壁王と別れて故郷に帰った当初は、失意と不安でいっぱいであったが、今では三人の子や孫のそばで都暮らしができている。光仁に感謝せずにはいられなかった。

ところが、そんな安らかな日々はつづかず、新笠は不幸な出来事に直面することになる。それは光仁が天皇になって二年目。ちょうど桜が散りはじめた宝亀三年（七七二）三月のある日のことであった。足羽があわてるように家に飛び込んできた。

「東市から戻ろうとしたとき、平城宮一帯が大変な騒動になっておりました。お役人にきくと、井上皇后さまが兵部省に捕らえられたというのです！」

「な、なんと！」

新笠は息を呑んだ。

「光仁天皇を呪詛なさっておられたそうです」

井上皇后の罪状は「厭魅大逆」というものであった。

「厭魅」とは「呪い殺す」ことを意味し、「謀反」、「謀大逆」、「謀叛」、「悪逆」、「不道」、「大不敬」、「不孝」、「不義」の「八虐」のなかでも「謀反」に相当した。謀反とは、天皇に対する殺害の罪、謀叛は国家に対する反逆の罪のことである。謀反は殺害に及ばなくても未遂、予備罪を含めて最高刑が科せられる重い罪状であった。

他戸皇太子を一日も早く天皇にするために光仁を抹殺しようとした、という理由からであった。たしかに井上と光仁の仲が良くないことは新笠もきき及んでいた。だが、白壁王は六十三歳と高齢である。そのようなことをせずとも、遠からず他戸は皇位を継承できるはずであった。どうにも理解できないのである。

井上皇后に仕えていた女官が井上が呪詛していたことを朝廷に密告したことから、皇后を廃され、他戸も廃太子処分を受け、平城京から遠く離れた宇智という地の没官宅に幽閉されてしまった。新笠は不審に思うが、朝廷が決めたことであればどうすることもできなかった。


平城京がようやく落ち着きを取り戻したころ、光仁の使者が新笠のもとを訪ねてきた。

「参内せよ、との天皇の仰せにございます」

そこで内裏を訪れると、光仁は女官たちを遠ざけた後、小声で言った。

「新笠よ、誰に相談することもできず、いささか気がめいっている。少し朕の気持ちをきいてくれぬか」

「私でよければ何なりと」

「このところの山部は朕に対して無礼な言動が多すぎる。何とかならぬかのう」

「山部がどのようなことを?」

「中務省の長官に昇進してからというもの粗暴さが目立つようになった。何かと朕の言動に不満を漏らしておる。あれでは皇太子にするわけにはいかぬ」

と、光仁は眉間にしわを寄せた。新笠は驚いた。

「皇太子？　山部が皇太子でございますか！」

「まだ決まったわけではない。今、議政官会議では他戸後の皇太子についての話し合いがなされている。会議では山部に反対する意見もあって稗田親王や酒人内親王を皇太子に据えるべきという意見も上がっているが、参議の藤原百川が山部を強硬に推しておる」

稗田親王は、光仁天皇がまだ白壁王と名のっていたころ、尾張という女性との間に生まれた皇子である。ちなみに、『水鏡』という歴史書には、藤原浜成と藤原百川のふたりの参議の対話が次のようにつづられている。


浜成申ていはく「山部親王は御母いやしくおはすいかでか位につきたまはん」と申しかば、みかど「まことにさる事也。酒人内親王をたて申さむ」との給き。浜成又申ていはく「第二御子稗田親王御母いやしからずこの親王こそたち給べけれ」と申ゝを、百川めをいからかしたちをひきくつろげて浜成をのりていはく、「位につき給人さらに母のいやしきたふときをえらぶべからず。山部親王は御心めでたくよの人もみなしたがひたてまつる心あり（略）

つまり、浜成が新笠の出自の卑しさのために、山部ではなく稗田親王を推したのに対して光仁は酒人を立てたいと言ったけれども、百川はこれに怒って「位に就かれるお方を母の卑しき尊きで選ぶべきできはない。山部親王は心も立派で、世の人もみな従うことであろう」と言った、と記されている。そして、百川が光仁の決断を促そうと、四十日あまり御前に立っていたので、光仁がしぶしぶ山部を立太子させることにした、とも紹介している。

この『水鏡』は鎌倉時代初期の作とされているが、作者はわかっていない。その独特の歴史観から「正史」とは見なされていないが、少なくとも光仁が山部の立太子に難色を示したことは考えられることである。酒人は井上元皇后の皇女、稗田は尾張女王の親王であって、ふたりとも百済系ではない。酒人のことを光仁が推したかどうかはともかく、山部を指名することはあり得なかったと思われる。

新笠はきいた。

「いったい、山部の粗暴とは何でござりましょう？」

「蝦夷、農民、神社仏閣への対応が手ぬるいという。天皇は玉璽を押すだけが仕事ではないとも不満を漏らしている。百川に感化され、朕のやり方を手ぬるく思っているのだろうが、あのような不敬の心では皇太子にすることはできぬ。そなたから、それとなく注意してくれぬか」

と、光仁は眉をくもらせた。

「百川さまの件については、私もたびたび注意をしてまいりましたが、もはや山部は私の手が届かない所へ行っております。山部を説得できるのは藤原式家でござります。ここは良継どのにお願いされてはいかがでしょうか」

「むろん相談はしてみたが、まったく相手にしてくれないのだ」

「なにゆえでござりますか?」

「山部には山部なりの考えがあろうとか、山部が長官を務めている中務省は八省のなかでも特別に忙しく、天皇との難しい調整があるので、疲れているなどと逃げるようなことを言うのだ」

「そうでござりますか……」

「良継は即位のために尽くしてくれたが、成し遂げるとめっきり身体が弱ってな。もう往年の豪快さはない。それに藤原式家の頭領の座を百川に譲っておる」

と、語った。

新笠は複雑な心境であった。自分の腹を痛めて産んだ山部が皇太子になる。出自の低さから資格はないはずの山部の眼前に天皇の座が待っている。偏見と差別に苦しんだ分だけ幸福になってほしいと思うが、天皇には徳望がなければならない。

（このままでは山部が苦しむことになる……）

残された方法としては藤原百川本人を問い質す以外になかった。あの不気味な顔を思い出すだけで恐ろしくなったが、会ってみなければ考えていることもわからない。

新笠は百川の屋敷を訪ねることにした。

「こちらへどうぞ」

資人に案内されるまま部屋に入ると、百川は縁側で鷹を手にのせ、くちばしの形を整えていた。

「なんのご用にござりましょうか？」

百川は顔も見ないできいた。

「本日は、お願いしたい儀があって参上いたしました」

「ですから、ご用件は何かときいているのです」

と、百川は怒ったように言う。

「では、申し上げます」

「どうぞ」

「百川さまは山部を皇太子に推挙しておられるとのこと。ぜひ、皇太子としてのあるべき道を山部に教えてくださりませぬか。お願いいたします」

と、頭を下げた。

「皇太子としてのあるべき道？　はて、何を申されているのやら」

と、砥石についたくちばしの粉を口先で吹いた。

「あれでは臣下をまとめることはできませぬ」

「ますます意味がわかりませぬ」

百川はくちばしを研ぎ終えると、小刀で山鳥の首を落として腹を切り裂き、臓腑(ぞうふ)を鷹に与えた。新笠は目を背けながら言う。

「このところの山部は天皇に対する粗暴な言動が多いそうなのです」

百川はやっと顔を上げた。

「それを私の口から注意してほしいということにござりますか？」

「山部は百川さまのことを信頼しているようでござります。百川さまの忠告ならば受け入れるでありましょう」

ところが、百川は笑い飛ばして言った。

「私に何を忠告せよと言うのです。山部どのは識見と度量を兼備した資質をおもちの方ではありませぬか。少々、天皇とのそりが合わずとも仕方ござらぬ」

「なれど、あのような態度では天皇の周囲の臣下のみなさまからも誤解を招きます」

「仕方ござりませぬな。天皇と山部どののお考えがちがうわけですから」

「そもそも、百川どのは山部にいったい何を吹き込まれているのでござりますか！」

「吹き込む？　私がいったい何を吹き込んでいると言うのです。山部親王の立太子に関してはそこもとが百済の出自であるため反対が多い。私が反対を抑えているのですぞ。感謝されても文句を言われる筋合いなどない」

「山部は皇太子になれば次は天皇です」

百川はふたたび鷹に餌をやる。

「天皇？　結構なことではござりませぬか。親が子の栄達を願うのが世の習いでありましょうが」

ここで新笠の堪忍袋の緒が切れた。

「陰謀によって山部を出世させるつもりはござりませぬか」

すると百川は小刀を板敷きに突き刺して新笠をにらみつけた。

「陰謀？　きき捨てならぬ。そこもとは藤原家を愚弄されるつもりか！」

「ならば天皇の臣下として正道を踏まれよ」

「天皇の臣下？　冗談を言ってはなりませぬ。藤原家はあくまでこの国の臣下。臣下としての正道の究極は国家と人民を守ること。たとえ光仁天皇であろうと、その可能性がなければしかるべき人を立てる。それこそが藤原家の正道じゃ！」

「この国は天皇の国家。天皇が国の柱。それを無視すれば結局は天帝の怒りを買うのみです」

「ほう、あなたは天帝のお姿をご覧になったことがおありとみえる」

「とにかく、父と子が対立するのは見ていられませぬ」

「くどい！　本来ならば藤原家の名誉を傷つけた罪。ここで成敗したいところだが、今日のところは山部親王の母君であることに免じて堪忍いたす。が、これ以上、侮辱なさるなら許さぬ。さっさとお帰り願いましょうか」

「……わかりました。なれどこれ以上、山部を洗脳なさらないでくだされ」

新笠は頭を下げた。

「なんの。山部親王の御為にのみ、この百川、一身をなげうつつもりでございます」

そのわりには言葉の裏に空恐ろしい傲岸（ごうがん）な響きが張りついている。ここで新笠は父・乙継が言った「藤」の正体を見た気がした。

百川の力によって山部は皇太子になった。

むろん、新笠には我が子の栄達を喜んであげたい気持ちもあった。山部が手の届かない場所へ行ってしまった悲しみを感じつつも、目覚めてくれることを願っていた。かつて称徳天皇は自分の気持ちに反する者を蔑んだ。仏法をひろめるために必要な徳望がなかったために最後は孤立した。この国の平安を守ろうとする心を結集するためには、まさに天皇自身に求心力がなければならない。

だが、その一方で、いつまでが親なのかとも考える。幼子ならいざ知らず、三十六にもなった我が子のことを案じるのは煩悩かもしれないと思う。新笠はできるだけ政治とは無縁の暮らしをすることにして、称徳天皇の山陵に花を手向けながら養蚕に励んでいた。

ところがそれから二年目、ふたたび奇怪な情報が飛び込んできた。他戸と井上のふたりが同時に死んだというのである。

（なぜ同時なのか……）

ここで新笠は考えた。百川が山部を皇太子にするために井上皇后に無実の罪を着せて廃后とし、他戸親王の皇位継承権まで剝奪したのではないか、筋書きは最初から立てられていたのではないかと。

そもそも自分の出自が低いことから、血統という点において山部は他戸親王の比ではなかった。皇太子になる可能性は無に等しかったというのに立太子したのだから、裏に何かあるのではないかと疑念がふくらんでいった。

（それにしても、山部が百川の企みを知らないはずがない……）

そう思うと、新笠は居ても立ってもいられなくなった。山部が住む春宮を訪ね、祝意をつたえると、すぐに核心にふれる質問をした。

「くどいかもしれませんが、おふたりの死因は何でござりましょうか？」

「世を儚んでの親子心中ときいております」

「ならば仕方がないが、不自然な気がしてならぬ。そもそも井上皇后が天皇を呪詛なさったというのは事実なのでしょうか？」

「皇后さまの女官が告発したのですから、まちがいはござりませぬ」

「しかし、その女官の官位が上がったというではありませぬか」

「私にきかれても答えようがありませぬが、告発される恐れがあれば罪を犯す者も少なくなります。よって優遇されたということでしょう」

「そうか、私の妄想ならよい。が、世間では百川どのがそなたを天皇にするために、おふたりを暗殺されたという噂がながれております」

その言葉をきいて山部は眉間にしわをよせた。

「母上はいったい何を言おうとしておられるのですか！」

「ではききます。この事件にそなたが関与しているかどうか。関与していないと信じてよろしいですね？」

と、山部の顔を見つめた。

「私が何に関与したというのです！」

「……わかりました、信じましょう」

だが、山部は引き下がらない。

「待ってください。なんの証拠があって私を疑われるのです？」

「証拠などありませぬ。母はそなたのことが心配なのです」

だが、山部は収まりがつかない。

「私のことを信じられぬと言うのなら、それでもかまいませぬ」

と、ひらき直ったように立ち去った。

山部は幼いころから苦労して育て上げた愛しい我が子である。しかし、陰謀をめぐらしてまで栄進することなど、絶対に容認できないのである。

ところが、井上が死んで二か月が過ぎたころから、不可解な出来事が起こりはじめた。まず太政官の参議となっていた式家の藤原蔵下麻呂が突然の病に罹り、四十一歳で死んだ。蔵下麻呂は称徳天皇のころ、近衛府の責任者を務めた。藤原仲麻呂の乱で武功を挙げ、宝亀二年（七七一）には皇太子となった他戸親王の春宮大夫も兼ねた人物であった。

その二年のちに藤原良継が急逝した。六十一歳であった。良継は宿奈麻呂と名のっていたころから光仁の無二の親友であった。称徳天皇が崩御すると、皇嗣選定に当たっては弟の百川、従兄の藤原永手らとともに白壁王の擁立に尽力し、光仁天皇擁立の功臣として藤原氏一門の中心的存在となり、中納言から一挙に内臣に任ぜられ、太政官の次席の座を占めた。井上皇后と他戸皇太子の失脚にともなって、百川とともに山部を皇太子に推挙した。山部にとっても良継はかけがえのない人物であったことから、のちに山部は良継の娘の乙牟漏を妃に迎えることになる。

だが、光仁も病に斃れた。不測の事態を受けて朝廷は全国から名医を集め、特別の薬草を調合させたり、呪禁師（じゅごんし）を呼んで病魔を払わせたりしたが、なかなか好転の兆しは見られなかった。

侍医は眉間にしわを寄せて言う。

「いかに薬石を投じましても効なき様子。治ったように見えてなかなか完治いたしませぬ。もはや風病としか思われませぬ」

「風病？」

「一口に申し上げれば気の病にございます」

ここで新笠は芳順のもとを訪ねた。

「このところ何か得体の知れぬものが翔（かけ）まわっているような気がしてなりませぬ」

「身に覚えがない濡れ衣を着せられ、殺されたとするなら、恨みは骨髄に徹するはずです。怨霊かもしれませぬ」

そう言って芳順は怨霊についての話をした。むろん、井上ひとりの仕業ではなく、背後には邪神の力がはたらいているという。井上は斎王であったことから神を祭祀する儀式は知っていた。悪龍の背に乗って井上の願いを聞きとどけようと翔まわるのである。

「無実であるならば、そのことを謝罪して天下に示し、復位させる必要があります」

即座に新笠は光仁を内裏に訪ねた。

「なぜ井上が怨霊に」

と、光仁は横たわったまま弱々しく笑う。

「今、井上さまのお遺骸はどうなっておりますのか?」

「知らぬ」

「お役人の誰かに調べさせていただけませぬか。もし、粗末にされていたら遺骸を改葬して差し上げましょう。もうすぐ寒い冬がやって来るのですから……」

「大逆罪を犯した者にそこまですべきか」

新笠は光仁の反応をうかがったが、その表情からこの事件について光仁の関わりはないと見た。

「亡くなったお方に罪はございませぬ。皇后であれば山陵をつくって差し上げるのがふつうですから、せめてご遺骸だけは懇ろに弔って差し上げましょう」

光仁はその塚を改葬すると「御墓（みはか）」と称して墓守を置いた。

ところが、こんどは皇太子の山部が病気に罹った。夜眠れず、食欲がなくなり、人を避け、春宮の奥に籠もるようになった。侍医は「枕席（ちんせき）不安」と診断したが、病状としては光仁と大差がなかった。

四十一歳にして鉄のように頑健な山部が精神に異常をきたすとは信じられない。新笠は、まだ井上が満足していないとみて、ふたたび内裏を訪ねた。

「天皇よ、井上さまの御墓をもう一度、ご改葬申し上げましょう。そして井上さまの官位を復位させてあげてください」

「わかった」

と、光仁は答えた。

山部の病気がひどくなると、逆に光仁は元気になった。そこで光仁は罪人の大赦をおこなったり、新たに三十人を出家させて神々に祈祭させたり、疫病神を平城京の辻々に祀ったり、全国の社寺に命じて皇太子の当病平癒を祈念させたりした。それが効を奏してか、山部の体調は回復に向かった。


九か月後――。

山部が病気平癒のお礼のために伊勢神宮に上ることになった。伊勢には天照大神を祀る皇大神宮の内宮と、豊受大神宮の外宮という二つの正宮があり、少し離れた場所には斎王が居住する斎宮があった。ところが、その伊勢から戻った山部は斎王であった酒人内親王を娶った。酒人は光仁と井上の間に生まれた皇女である。山部にとっては異母妹に当たる。

すでに酒人の腹には山部の子が宿っているという。

「斎王の身でありながら、精進潔斎の地で交わりをもつとは、神をも畏れぬ不浄。山部はいったい何を考えているのでしょうか？」

「酒人はすでに斎王から退下しているのだからそれは仕方がない。山部は酒人を自分のものにしておかねばならないと考えたのかもしれぬ。酒人に近づこうとする天武系皇族は少なくない。山部はそれを恐れたのかもしれぬ」

酒人の容貌は群を抜いて美しく、華やかな催しを好み、男好きな皇女という噂があった。

「何を恐れているのでしょう？」

「酒人は聖武天皇の孫に当たるから天武皇統の血がながれている。もし議政官が朕の次の天皇を天武系のなかから選ぶとなると困るのは山部じゃ」

皇太子といっても、道祖王のときと同じように素行不良と見なされれば、廃太子処分を受ける可能性もあった。

「天武系の血を引く酒人に子どもを産ませれば、たとえ天皇になれなくても皇位継承権をもつ親王の後見人として山部は影響力をもつことができる。そんな知恵を誰かがつけたと考えられる」

百川のことであった。

やがて酒人は朝原（あさはら）内親王という女児を産んだ。

しばらくして思いもしない訃報が入った。百川が原因不明のままに死んだという。四十七歳であった。百川は井上皇后、他戸皇太子失脚後建議により皇太子に山部を立てた。異端皇族の白壁王を強引に皇位に押し込む荒業をやってのけた百川には始終悪評がまとわりついていた。

でっちあげの遺詔(いしょう)で白壁王を担ぎ出した――。

そんな噂もながれていた。

光仁の即位は一時的なものにすぎず真の狙いは山部にある――。

そんな風評もあった。

たしかに、人に頭を下げたがらない山部も、百川にだけは兄に対するような思いを抱いている。山部の変貌の裏に百川の存在を感じていた新笠は、百川の死に安堵した部分はあるが、蔵下麻呂、良継、光仁、山部、百川と打ちつづく不幸の裏に、井上の怨霊への確信をますます深めていた。

光仁が天皇となってから十二年が過ぎた。十二年は中国で「一紀(いっき)」と呼ばれ、原点に帰ることを意味しているが、光仁にはまだ大きな政治課題が残っていた。

蝦夷平定——。

蝦夷とは東北の出羽国から陸奥国にかけて住んでいる住民のことである。朝廷は国家の領地をひろめるために彼らを帰順させようとしたが、蝦夷たちは朝廷の官吏たちの横暴な態度から敵対していた。朝廷に帰順する集団もあったが、ほとんどの集団はそれを拒絶していた。

歴代の天皇が蝦夷平定に向かった理由は陸奥国に砂金があったこと、国領の版図を拡大しようとしたことの二つにあった。その政治課題は天智のころから光仁の代まで百年以上にわたっていた。

光仁が蝦夷征討に着手しようとしたのは、朝廷の官職にあった元蝦夷の伊治呰麻呂が、陸奥国で朝廷の高官を殺害するという事件を一年前に起こしていたからである。光仁は正月を期して蝦夷平定に取り組む決意を固めた。

そのとき伊勢神宮の斎宮から美しい雲が見られたという報告が届いた。光仁はそれを自分の気持ちに応えた天の大瑞であるとして、元号を「天応」と改めた。

ところが、天の大瑞どころか、光仁を悲しみに突き落とす不幸が襲った。愛娘の能登が死んでしまった。能登は冬ごろから体調を崩していたため、光仁も医師や薬など何かと気を配っていたが、帰らぬ人になってしまった。

「治ればすぐに内裏に駆けつけてくれるものと楽しみにしておったのに……」

能登はずっと光仁の悩みをきいてくれた。病気で斃れたときも看病のかぎりを尽くしてくれた。光仁は床に坐り込んで男泣きに泣いた。

そして、能登に位一品を追贈すると、黄泉路へつづく道が平安であるよう、残された子どもたちを心配せぬよう、参議の大伴伯麻呂を勅使として遣わして弔辞を述べさせた。新笠にとっても痛恨の極みであったが、これも井上の怨霊の仕業かと思うと、もはやなす術がないように思われた。

新笠も悲しみと恐怖ですっかり憔悴していた。

もう政治とは無縁の暮らしをしたい――。

ところが、そう思っているのに、光仁や山部のことが頭から離れない。煩悩のせいなのか、井上の怨霊が原因なのかわからないが、健康を案じる足羽や使用人に気を遣わせていることはまちがいなかった。そこで一切を忘れようと養蚕に精を出すことにした。蚕の動きや繭の色などに意識を集中することによって煩悩を離れようとした。

ある日の夕刻、早良がやって来た。

「お久しぶりでございます。ご無沙汰に打ちすぎておりました」

早良は三十一歳というのに、読経で鍛えられた低い声からは修行の成果が感じられた。

早良は、光仁が皇位に就いてからというもの「親王禅師」と呼ばれ、東大寺の建立とともに設立された官庁「造東大寺司」にもにらみをきかせ、東大寺の初代別当である良弁の後継者にも指名されていた。

山部の即位

早良は思いもかけないことを言った。

「先日、春宮に呼ばれましたところ、兄上から思いもかけないご相談を受けました。私に皇太子になってほしいと要請されたのです」

「皇太子！　それは父上が山部に譲位されるということですか！」

「姉上が亡くなって以来、父上はずっと病に伏せっておられます。もうお歳ですから、皇位を兄上に譲りたいと考えておられるようです」

「そのお話は誰からきいたのですか?」

「兄上からです。私が皇太子になるよう説得せよ、と父上から命じられたとおっしゃるのです。私がそれを受ける条件で父上は譲位されるらしいのです」

「そなたは出家の身ではないか」

「還俗（げんぞく）するよう勧められました」

還俗とは、僧侶を辞めて一般人に戻ることを意味している。

「そなた自身の気持ちはどうなのじゃ?」

と、新笠はきいた。

「それを迷っているのです。兄上は、私有地の増加による公地公民制の崩壊を案じておられます。一番多くの私有地は寺院が有しています。その一方で、今の仏教寺院は学問化していて鎮護国家の宗教としての機能を果たしていないと、見ておられます。もし兄上が天皇になられれば、寺院改革が政策の目玉の一つになりましょう」

「寺院に厳しく対処されるということか……」

「そうなのです。私は今、寺院側に立って朝廷との間を取り持っておりますので、立場が逆転することになります」

寺院改革の認識は光仁にもあった。平城京には東大寺をはじめとする八つの官寺がある。この官寺は莫大な富をもつうちに、国を守る祈禱寺としての意識を失っていた。あの道鏡政権以来、寺院への風当たりは強かった。

しかし天智系の皇位の基盤は弱い。寺院が反発すると対応ができない。そこで光仁は東大寺の「親王禅師」として力をもつ早良を皇太子にすることによって、平城京の仏教勢力を味方に付けることで政権を安定させようとした。だが、山部は南都の仏教勢力を嫌っている。そこで光仁は山部が暴走しないよう、早良を皇太子にすることを条件としているようであった。また、光仁はあえて自らが早良を説得せず、山部を通して依頼させることによって山部に責任を持たせようとした。本人に説得させれば責任も自覚も本人に生まれる。新笠には光仁の考えがわかった。

だが、新笠には不安がある。天智天皇の嫡子の大友皇子と天智の弟である大海人皇太子の間に起こった壬申の乱を思い出すのである。山部もいつかは皇子をもうける。山部が天皇になると皇太子はその皇子以外になくなる。その親王と早良の間で対立が起こる可能性もある。

「次の天皇に関する問題もある……」

「私もそう申し上げましたが、それでも私にとおっしゃるのです」

「では、どうなさるおつもりか？」

「それを迷って母上のお気持ちを伺いに来たのです。東大寺の良弁さまは私のことをかわいがってくださっています。しかし、幼いころから兄上にもかわいがっていただきました。父上に対しても何のご恩返しもできておりませぬ。まず父のご恩に報いたい気持ちもあります……」

仏教には「四恩義」というものがある。「父母への恩」、「国主への恩」、「衆生への恩」、そして「仏法僧への恩」である。「父母への恩」は、「仏法僧への恩」よりも勝るとされていた。

「ただ、あの強いご気性ですから、私が兄上とうまくやっていけるかどうか自信がありませぬ。本日は母上のお考えをおききするためにまいったのです」

と、早良は繰り返した。

だが、光仁と山部の考えに水を差すようなことも言えず、かといって還俗を勧めることも躊躇されて、新笠には良い知恵がうかばない。

「のう、早良よ。母はすでに七十になった。そなたはいつまでも子どもではない。あとは自分で決めなされ」

「……わかりました」

と、早良は仕方なく帰っていった。新笠は逃げたような後ろめたさを感じながら、子を捨てきれぬことに煩悩の強さを思い知らされた。

その後、早良は山部から強硬な舌鋒で説得された。

「祈禱は誰にでもできるが、皇太子はそなたにしか務まらぬ。この国の平穏のために、私を助けてほしい」

早良は数日考えたが、弱り果てた光仁のことを考慮して、自分にできる最後の親孝行として還俗することを決断した。それをきいた光仁は安心し、早速侍従に命じた。

「明朝、山部皇太子に譲位するための議政官会議をひらきたい。直ちにその旨をつたえよ」

渡来人の母をもつ親王を天皇にするというのは歴史上初めてのことであったが、議政官は光仁の意思を受け入れ、山部の即位と早良の立太子を了承した。即座に光仁は文武百官を朝堂院にあつめて宣命を下す。

「皇太子は幼少のみぎりより、朝に夕に怠ることなく朕に仕えてくれた。哀れみ深く、親孝行な親王である。昨今、陰謀を懐(いだ)いて天下を乱し、一家一門を滅ぼしてしまう者が多い。清らかで正直な心で仕えてほしい」

光仁のせめてもの親心であった。

天応元年（七八一）四月、山部は四十四歳で桓武天皇として即位し、早良は三十一歳で皇太子になった。

大和国に住む土師(はじ)一族や百済系の人びとにとって、山部の即位と早良の立太子は歓喜の極みであった。土師一族にとって、ふたりは真妹の孫、百済人にとっては乙継の孫である。

彼らは平城宮に祝意をつたえに来ると、朱雀門の前で歌や踊りを披露した。桓武がそれに応えて酒食をふるまうと、新笠も接待を手伝った。

それが終わって桓武は言った。

「母上、私が即位した天応元年は辛酉の年。我が曾祖父の天智天皇が即位されたのも辛酉の年。暦では革命の年に当たります。このことは偶然ではありますまい。私は新王朝の建設に向けて、革命の新政をおこなう仕事が課せられている気がしております」

「これから平穏な世になるよう私も祈っております。ただ、くれぐれも早良のことだけはお願いいたします……」

「もとより国家、臣民のための天皇。また、早良は血を分けた唯一の弟なのですから、一緒に新しい時代をひらくつもりです」

ところが、ここから桓武は思いもかけないことを言った。

「母上に『皇太夫人』の称号を贈ります」

皇太夫人とは天皇の生母で、前天皇の夫人のことを意味している。かつて、この称号は聖武天皇の生母で、文武天皇の妃であった藤原宮子が受けていた。だが、宮子が皇族出身でなかったため、左大臣の長屋王が強硬に反対した経緯があった。

結果は、藤原一門が長屋王の反対を押し切る形で認めさせたが、歴史的先例からすると、新笠も皇族ではない。しかも百済人の血を引く低い出自であったことから、議政官会議では反対意見も出た。だが、桓武も宮子の場合と同様にそれを超法規的に認めさせた。

ただ、新笠は辞退する。

「帝のお気持ちはありがたく、嬉しく思います。が、そのような大それた称号をいただくと、身の置きどころがなくなります」

だが、桓武は受け入れない。

「議政官たちを説得した以上、もはや受け入れていただかねば困ります。父上の後宮に入っていただかねばなりませぬ」

後宮とは、「采女司」に設置されていた后妃（こうひ）などが住まう場所のことである。平城宮の内裏の一角には桓武の後宮もあったが、光仁の後宮は楊梅宮（ようばいのみや）にあった。

「……私はすでに七十になろうとしております。自信がございませぬ」

すると、桓武は苦笑いをうかべて言った。

「母上は卑怯です。ご自分のことだけしか考えておられない」

卑怯――。

思いもかけない言葉であった。白壁王が井上を正室に迎えたとき、自分は妻の座を辞し、斑鳩の里で能登と早良のために必死に働いてきた。高野の地に移ってからも光仁を支えてきた。すべては家族のためであった。それを「卑怯」と言われると、自分の存在そのものが否定されているような気がした。しかしその一方で、煩雑な政治の世界から逃げ出したいと思う気持ちも否定できなかった。

そんな様子を見て桓武も少し反省したのか、穏やかな口調に切り換えた。

「母上が後宮に来てくださると、病床にある父上もご安心なさるはずです。また、土師一族や渡来系の臣下の意気も高揚するでしょう。そのためには、母上に皇太夫人という肩書きがなければならぬのです」

桓武は父方の和氏一族に加え、母方の土師一族のなかの有能な者を抜擢し、官吏として登用することをつたえた。病に伏している光仁のこと、偏見や差別に苦しんでいる渡来人たちのことを考慮すると、新笠は断ることができなくなった。

「……わかりました。帝のご命令に従います」

そして足羽をはじめとする数人の資人が付けられることになり、新笠は正三位の官位を授与されるとともに後宮に入ることになった。

新笠の親戚は、そのことを「破格の出世」ともち上げるが、中に入った後宮では嫉妬と対立が渦巻いていた。元皇后の井上は卒去しているが、夫人としては光仁の親戚筋に当たる正五位下（しょうごいげ）の紀宮子、左大臣を務めた藤原永手の娘・藤原曹子（そうし）がいた。曹子は従三位という位階にあって二十三歳と若い。能登を失った衝撃から立ち直ることができないまま平城宮の東の楊梅宮で病床に伏していた光仁が、看護夫人として新笠を選んだことから曹子から妬まれるようになった。

その他に、光仁に仕えてきた采女である老女たちの愚痴、その采女に侍るそれぞれの資人たちの対立もあって、新笠は人間関係の難しさを思い知らされた。できることなら後宮を出て、ゆっくりと余生を送りたいと思うのだが、光仁や桓武の気持ちを思うとそういうわけにもいかなかった。

新笠は法華寺に通うことにした。燦然（さんぜん）と輝く観世音菩薩（かんぜおんぼさつ）に手を合わせて経を誦したり、法華寺の横の海龍王寺という寺でひらかれていた龍女成仏の法会（ほうえ）に臨んだりしながら、強い気持ちをつくろうとした。

法華寺では、あの芳順（ほうじゅん）に会うことができた。

「新笠さま、まことに心は海のようなものでございます」

「海、でございますか？」

「あたかも、心はさまざまな思いに揺れ動く業（ごう）の海のようです」

一夫多妻の時代であり、このころの女性たちの運命はすべて男に握られていた。夫の謀反によって連座責任を負わされたり、売られたり、捨てられたり、多くの女性たちはそこに生じる悲しみや嫉み、愚痴、悪口などの邪念の業に動かされながら生涯を閉じている。

「できれば、生きているうちに救われたいものです」

と、芳順は観世音菩薩を仰ぎ見ながら言う。

ここで新笠はきいた。

「芳順どの、一つおききしたいことがございます」

「わたくしがお答えできることならば……」

「私は観世音菩薩の御前で、法華経の『普門品』の偈を唱えておりますが、そのなかに『滅除煩悩炎』という経句がございます。この煩悩というのは、いかなる意味でございましょうか?」

芳順は少し困ったように答える。

「煩悩の多いわたくしに教える資格などございませぬが、心や身体を悩ませ、知恵を妨げる心の汚れが、煩悩であるとうかがっております」

「心には、どれほどの煩悩があるのでございましょうか?」

「人によってさまざまでしょうが、数をいえば瞋貪痴の三つから一〇八つまであるらしいのです」

「しん・どん・ち？　一〇八つはあまりにも多すぎますので、その三つについて教えてくだされ」

と、新笠は笑う。

「瞋とは悪意の憎しみ、貪とは欲望、痴とは執著のこととされております。それが人間の苦の原因である、とおききいたしております」

新笠は言う。

「さすれば、我が子のことが気になるのも煩悩でござりましょうか？」

『結』といって、しばり付けるものすべてが煩悩とされております。女にとっては我が子のことが最大の煩悩かもしれませぬ」

「ならば、私は煩悩の塊かもしれませぬ」

と、新笠は苦笑いが込み上げてきた。

「それをなくすためには、どうすればよろしいのでしょうか？」

「観世音菩薩に念ずれば、煩悩を断ち切っていただけるとおききしておりますので、ここに額ずいて祈る以外に方法はござりませぬ」

「何事も観世音菩薩にお任せすればいいのですね」

「静かに手を合わせているだけで心が安らいでまいります。そのときこそが煩悩の炎が鎮まっているときでござりましょう」

「わかりました……」

新笠には芳順だけが心の寄る辺であった。


高熱に襲われた光仁は、昨夜からずっと眠り込んでいた。やがて雨が楊梅宮の池を叩きつけるように降り出すと、部屋はたちまち暗くなってしまった。

「灯火（あかり）をつけてくだされ」

と、新笠が頼むと、女官の足羽が蔀（しとみ）を閉じて火を点す。蔀が閉じられると寝所はしだいに伽羅（きゃら）の匂いが濃くなった。その瞬間、闇を裂くように稲妻がはしり、地を揺るがすような雷鳴がとどろいた。

光仁がかすかに声を出した。

「新笠よ……」

「お気づきになりましたか！」

と、光仁のそばに寄った。

「今は収穫の時期。こんな激しい雨がつづくと農民たちが困るであろう。これも天帝の怒りかもしれぬ……」

と、光仁は悲しげな顔をする。

「いえ、きっと太上帝の病を悲しんでおられるのでございます」

だが、光仁は言った。

「そなたにはいろいろ世話になった。そなたの願いを叶えることもできず、申し訳なく思っている」

「私の願い？」

「百済再興の夢を叶えてやることができなかった」

新笠は百済復興の夢を賭けて白壁王のもとに来たのだが、百済が滅亡し八年のちには高句麗（こうくり）も滅んでしまい、朝鮮半島は新羅に統一されてしまった。

かつて仲麻呂は、新羅が日本の使節に無礼をはたらいたことから新羅征伐の準備をはじめさせたが、この遠征は後の孝謙上皇と仲麻呂との不和により実行されずに終わった。そして今、新羅は自国の乱を契機として、ふたたび日本に慇懃（いんぎん）な態度をとるようになり、多数の難民も日本へ亡命してきているという。

光仁は言った。

「朕と出逢いさえしなければ、かの斑鳩の里で静かに暮らすことができたろうに、そなたには苦労ばかりさせてしまった……」

「……いいえ、私ごとき者との出逢いさえなければ、太上帝が苦しまれることもなかったにちがいありませぬ」

「……大変世話になった。心から礼を言いたい」

「なにをおっしゃいます。すぐにお元気になられます」

「いや、もうそう長くないことはわかっておる……」

「そのような悲しいことはおっしゃらないでください。光仁さまが亡くなられたら、私はどうすればよろしいのですか？」

と、新笠は泣く。

「すまぬ。だが、あの世から必ずそなたのことを見守る。山部と早良のことを頼む」

それが最期の会話となった。

天応元年（七八一）十二月、光仁は七十三年の生涯に幕を下ろした。

ところが、光仁が崩御した直後、氷上川継（かわつぐ）の乱が起こった。川継は光仁の服喪期間の手薄になった宮中を狙って、自分の資人に桓武を殺させようとした。刑部省に連行された川継は憤然と言い放つ。

「これは謀反ではなく、奪還である！」

川継は天武皇統に取り戻そうと、自分の正統性を主張した。川継は聖武が世話になった新田部親王の孫である。父は塩焼王、母の不破内親王は井上元皇后の妹であったことから毛なみはよかったが、犯行は未遂に終わった。厳重な警備によって桓武暗殺は未然に防がれたのである。

ところが、この乱に大伴家持が関与しているという密告があった。彼は早良の春宮大夫を務めている。その家持と桓武との会話を、新笠はたまたま朝堂院の隣の部屋で耳にした。

家持を質すような、桓武の野太い声がきこえてきた。

「そなたが川継と謀議をおこなっていたという噂がある。ないと信じたいが、申しひらきすることはないか？」

「畏れ多くも帝のお命を狙うなど、神をも畏れぬ由々しき行為にござります。どなたが私の名を挙げられたかは存じませぬが、まったく私は関与しないことにござります」

家持の声には歌人とは思えない老獪な響きがあった。

「まったくか？　そうかもしれぬ。賢い者はそういう半端なことはしないものだ」

「帝からそのようなことを仰せられるとは、我が身の不徳にござります」

「今、そなたが川継と結んでいたかどうか調べている」

「ご聡明な天皇のご賢察にお任せいたします」

「わかった。神妙に待て。ただ、言っておく。皇太子を新帝に祭り上げて乱を起こすような真似は許さぬぞ」

その後、家持は川継の乱の連帯責任によって解官された。


その六月、桓武と早良の間に溝ができる事件が起こった。それは藤原魚名(うおな)の左大臣罷免であった。魚名は光仁の信頼が厚く、「忠臣」とまで呼ばれていたが、天皇専制化を志向する桓武に対して、天皇権力を議政官によって抑えようとする考え方をもっていたため、魚名は大宰府へながされた。

これについて早良は言った。

「これは左降人事ではござりませぬか」

ここで桓武は、早良の考えが魚名に近く、自分の考えとは遠いことを知った。

そして翌年の延暦二年(七八三)六月、桓武は京域内にある私寺造立の禁止を打ち出した。寺には朝廷や国府の主導によって建てられた「官寺」、もう一つは貴族・豪族が建てた「私寺」の二種類があったが、ずっと官寺も私寺も区別なく、国の平安を祈ってきた。その私寺の建立を禁じるということは、仏教興隆による鎮護国家を標榜する朝廷にとって大きな矛盾であった。

だが、桓武は朝堂院に議政官をあつめて言った。

「もう私寺は堕落してしまった。正式な授戒を受けていない僧侶を勝手に増やしている。寺に尼僧を連れ込んで淫らなことをしている僧もいる。これ以上、私寺の建立を認めるわけにはいかぬ」

しかし、早良は反論する。

「それは一部の僧侶であって、すべてがそうではござりませぬ」

「その一部の腐れが全体に及ぶ。私寺の建立を認めないよう禁止令を出せ」

当初より寺院対策は早良皇太子と左大臣の藤原魚名に委ねられていたというのに、桓武は天皇勅断という、いわば頭越しの方式で禁止令を出させたのである。

この二つの出来事は桓武と早良の間に大きな溝をつくった。

梅の花が散るころ、板敷の向こうから大きな足音がきこえてくると、桓武が後宮に姿を見せた。部屋にいた新笠を見ると、

「ちょうどいい」

と、人払いをしてからどっかと腰を下ろした。

「母上から早良に言いきかせていただきたいことがあります」

と、桓武はいきなり言った。

「即位した当初、私は南都の寺々を保護するつもりでした。しかし、僧侶は堕落しつつあります。それを戒めるよう早良につたえましたが、私を補佐すべき立場にありながら、早良は寺院を説得しようともしませぬ。いや、できないのかもしれませぬ。にもかかわらず私に批判的です」

「……その辺りは、帝と早良のおふたりがよく話し合いをなさって、解決していただく以外にはありませぬ」

「天皇を批判するようなことは言ってはならぬ、と母上からもつたえていただきたいのです」

「私からも申し上げましょう。ただ、先帝はいつも温情をもって理路整然と説得なされました。臣下をまとめる立場にある帝は怒るわけにはいかぬとおっしゃっていました」

「それは私に対するあてつけでござりますか？」

「……そうではありませぬ」

だが、桓武は声を張り上げた。

「この揺らいだ律令制を立て直すために議政官の合意を基本とすることは当然のことです。しかし、あくまで天皇が頂点であるべきです。天皇の意向を酌み取らない議政官などありえませぬ」

藤原魚名のことであった。

「川継の乱に見るように、いまだにこの国は権力の座を狙う輩であふれている。治にあるときと乱にあるときの処世法はおのずとちがう。そのことを早良はまったくわかっていない」

「難しいことは私にはわかりませぬ」

しかし、桓武はさらに絡んできた。

「わからないくせに、母上は私が悪いと言われるのか？」

新笠が言葉を失っていると、

「母上は称徳天皇の崩御のときや井上皇后の失脚のときも、雄田麻呂と私が結託しているような疑いをかけられた。父上も早良のことのみを信じ、私のことは毛嫌いしておられた」

と、過去のことを桓武はもち出した。

「……親は平等に我が子がかわいい。ただ、この母に政治のことを言われてもわからないのです。お互いによく話し合ってくだされ」

しかし、しばらく桓武は無言のまま、

「一度、ひびが入った椀は元には戻りませぬ。早良の味方はできても、私の味方はできぬと言われるのなら、早良のことだけを信じられて結構でございます！」
と言い残して、大きな足音を立てながら部屋を出た。

早良は桓武とちがって温厚な性格であったが、桓武は都に出て以来、人間の裏表を思い知らされてきたために懐疑的であった。また、桓武は理知的、覇王型であるが、早良は情緒的、賢王型の人間である。

早良は光仁の性格に似ているためか、光仁からの叱責はほとんど受けなかった。一方の桓武は気性の強さからよく注意されたため、早良だけがかわいがられていると思い込むようになっていた。すでに四十の坂を越し、しかも天皇という地位にありながら、弟だけが愛されていると妬みを感じている桓武。だが、新笠が誤解を解こうと説得すればするほど、桓武と早良の仲は溝が大きくなっていった。

寺院対策をめぐって生じた桓武と早良の対立を埋める説得力がない悔しさだけが新笠の心をおおっていた。

しばらくして、新笠は法華寺の芳順と一緒に、光仁が眠る広岡山陵をめざした。広岡山陵は佐保山南陵の西側（現・奈良市法蓮町）にあった。新笠は女官の足羽に手を引かれながら蝉時雨の山林に入る。

「光仁さまが待っておられます。きっとお喜びになられることでしょう」

と、足羽は嬉しそうに言うが、息子ふたりを和解させる約束を果たせないでいる新笠の気持ちは重かった。山陵にしばらく額ずいた後、芳順は言った。

「光仁天皇はふしぎなお方でした。代々天武系の皇統がつづいたなかで、天智系の天皇として突然皇位にお就きになったにもかかわらず、一紀十二年を平和に治められました。何一つ政争を招かれなかったのは、光仁さまの徳であったと思います」

光仁は乱の罪人を許した。墾田意欲をそそるために農民に土地の私有を許した。穀価が上がったときは、人びとの暮らしを想って物価の調整に当たった。諸国の溝や池を修復させた。兵農の分離を進め、兵に適さない農民を農業に専念させた。

新笠が一番案じていたのは聖武、称徳の仏教興隆の政策を光仁がどう継承するかということであったが、光仁は融和策によってそこをうまくしのいだ。官寺も私寺も平等に保護する一方で、国家鎮護の祈禱をさせた。また、財政規律を考慮して国の財政を整えた。

さらに蝦夷征伐は継承したが、新羅征伐の方針は凍結した。議政官とよく話し合い、無駄な支出を削減して内政の安定に努めたことから、一紀十二年を平和裡に治めることができたのであった。

「お優しい天皇でございました」

と、新笠が答えると、芳順もあいづちを打った。

「光仁さまは、東市（ひがしのいち）でわたくしの父が捕縛されたとき、泣きたいときは泣いていいのだと声をかけてくださったことがありました。あの優しさはどこから生まれたものにござりましょうか？」

「先帝はお生まれになってすぐに母上を亡くされ、八歳にして父上を亡くされましたから、人の悲しみがおわかりだったのでしょう」

「法華経に『悲感を抱いて心遂（つい）に醒悟（しょうご）し』という言葉がございます。悲しみを経ない人生は本物ではないのかもしれませぬ」

と、芳順は語った。新笠にも反省すべきことはあった。

「光仁さまは、守る苦しみというものがある、と語られたことがございました。お優しいがゆえに、苦しみもまた大きいものがおありになった。それも知らず、かつての私は覚悟とか信念とかどこからか借りてきたような言葉で、光仁さまを追い詰めていたような気がいたします」

「でも、新笠さまがおそばにおられなければ光仁さまが皇位に就かれることはなかったでしょう。称徳天皇は六十余州に国分寺や国分尼寺をおつくりになりましたが、光仁さまは形ではなく、仏法に裏打ちされた徳望の法をもって臣下を治められたように思います」

「称徳天皇もこの国の平穏を守ろうとされました。その功徳によって光仁さまもお仕事ができられたと思います。今の帝も比較されればおつらいことでござりましょう」

「いえ、ご苦労をしておいでのようですが、新笠さまの御子でいらっしゃいますから、桓武さまもきっと平和な世をお築きになってくださるでしょう」

と、芳順は微笑んで言った。

新笠は帰途につきながら桓武の言葉を思い出した。

治にあるときと、乱にあるときの処世法はおのずとちがう――。

だが、そうであるとしても、力の政治は反発を招き、報復を繰り返す元凶と思えてならない。ただ、それは親子、兄弟といえども、どうにもならない気性のちがいから起こるものと考える以外になかった。

早良の死

山部と早良の仲を決定的に裂く人物が台頭してきた。

藤原種継——。

種継は藤原広嗣、良継の甥に当たっていた。良継が卒去した後は百川が藤原式家の頭領となったが、百川が死ぬと種継が式家の中心になった。桓武と種継の付き合いは、ふたりが大学寮の学生であったころからつづいていたが、このところ桓武の寵愛は深まり、種継は正四位下から延暦二年の四月には従三位、七月には式部卿、それから半年後の正月には中納言と、とんとん拍子で官位を上げていた。

延暦三年（七八四）の六月、大極殿の庭を新笠が眺めていたとき、たまたま隣の部屋から侍従の声が響いてきた。

「ご報告いたします。ただいま藤原種継さまがおいでになりました」

「そうか」

「参上いたしました」

「めどはついたのか?」

と、野太い桓武の声がきこえてきた。

「最終的に長岡村という結論に至りました」

「やはり長岡がよいか?」

「各地を踏査し、検討を重ねた結果、長岡に優(まさ)る地はない、と判断いたしました。彼の地は淀川に注ぐ桂川と木津川を有した絶好の地。水上輸送の便も陸の便もよい場所にございます。これをご覧ください」

と、種継は地理を説明しているようであった。

「傾斜地ではありますが、小畑川からの豊かな水を引き込むと、不浄物も押しながされ、清潔さを保つこともできましょう。よって都はゆるやかな斜面に建設されることになり、長岡宮は少し街より高い場所に築かれることになります」

「そうか」

「また、この地を拠点とする秦(はた)一族は膨大な資金を持っております。あの恭仁京建設のときに巨費をご寄付なさった秦島麻呂(はたのしままろ)さまもおられますから、今回もご協力いただけるでありましょう」

種継の母が渡来系の秦一族の出身であったことから、身内の種継が参議に昇進したこともあって、秦一族は種継に大きな期待をかけている。その噂は新笠の耳にもつたわっていた。遷都には膨大な資金がともなうので、種継は秦一族に寄付金を勧募しよう、と考えているようであった。

しばらくして桓武は言った。

「わかった。では、長岡を新都に定めるよう議政官に諮る。その上でそなたを造長岡宮使に任命することにする。立派な長岡宮を造営せよ」

「承知いたしました」

(長岡が新都！)

副都ときかされていた新笠は耳を疑った。

「ただ、一つだけお願いがございます。周囲にはあくまで副都ということで話を進めていただけませぬか」

「なにゆえだ？」

「新都と発表すれば、反対者が続出する恐れがあります。火付けでもされたらかないませぬ。このまま副都ということにしておき、遷都宣言は直前に出したほうが賢明かと存じます」

と、種継は言った。

「わかった」

「われら渡来系の廷臣たちには、大陸の血から起こる壮大な思考力と進取の気性がございます。抜きん出た土木技術ももっております。彼らを登用すれば、必ず立派な新都が完成し、帝のご威光を内外に示すことになりましょう」

と、一段と強い口調が響いてきた。

「種継よ、ここで新政の柱を『寺院改革』と『遷都』と『蝦夷征伐』に置く。この三つを新政の方針と定める。後日、議政官にそのことを諮る」

「承知いたしました。血湧き、肉躍るとはまさにこのこと。この日が来るのを叔父の良継や百川もどんなにか待ちわびていたことでござりましょう。早速、準備をいたします。ご免！」

そう言うと、種継は立ち去ったようであった。

それからしばらくして早良がやって来た。

「母上、斑鳩の家はどのようになっておりますか?」

と、元気のない声で尋ねてきた。

「斑鳩？　なぜそのようなことをきく？」

「斑鳩に隠遁できないものかと考えております」

「隠遁？」

「このところ兄上は、種継と非常に親しくしておられます」

藤原魚名が卒去し、その後任として入った右大臣の藤原田麻呂も死去していたので、議政官は藤原種継だけとなってしまっていた。

「あの私寺建立禁止の一件以来、兄上は私にあまり話をなされませぬ。私はまったく蚊帳の外でございます。疲れました……」

長岡が新都になる、と新笠は早良につたえることができない。

「……そなたは種継どののことが嫌いなのですか？」

「種継には藤原家の血がながれています。天皇家にすり寄って、自家の繁栄を図るような者は信じられませぬ」

「嫌いであろうと信じられまいと、そなたは皇太子。帝や種継どのと一度ゆっくり話し合う機会をもたねばなりませぬ。心をひらいて話をすれば、お互いの誤解も解けようというものです」

「『変幻の戯れを為す者に近づくなかれ』と『法華経』に説かれております。媚びを売る種継などと話し合う気持ちはありませぬ」

「変幻の戯れ」とは、己の立身出世のために上役に媚びることを意味していた。

「なれど、そなたは皇太子。すでに還俗の身であることを忘れてはなりませぬ」

「形は皇太子であっても、心は僧のつもりです」

「ご自分のお立場をよく考えなされ。仏教の戒律よりも、帝を守らねばならぬ立場におられるのですよ。皇太子の志はどこに行ったのですか？」

と、新笠は少し強くたしなめた。

「……しかし、そろそろ安殿親王も十歳。皇太子に就けぬ年でもありませぬ。私は斑鳩に隠遁して静かな日々を送るつもりです」

「それはわがままというもの。途中で投げ出せば、そなたも兄上も笑われ、臣下の士気も下がる。隠遁するなら長岡宮が完成してからになされ。それまでは隠忍自重するしかありませぬ」

「……そうでしょうか」

そんな話を交わしているとき、桓武がやって来た。

「早良よ、少し話をしたい」

新笠が遠慮しようとすると、桓武は言った。

「いや、母上も一緒におられて結構です。母上は皇太夫人、早良は皇太子。よくきいてほしい。ただし、これから話すことは他言無用に願いたい」

そう前置きして、桓武は自分が描いている新政について早良に語りはじめた。

「私が即位した辛酉（かのととり）の年が革命の年に当たることは、そなたも知っておろう。あれから三年、私に課せられた使命について考えてきたが、やっと新政の構想がまとまった。それは『遷都』と『蝦夷征伐』と『寺院改革』である。この三つを新政の方針として進みたい。明後日、議政官会議をひらき、このことを諮るつもりだ」

案の定、早良が怪訝な顔をしてきいた。

「遷都、どこに都を遷されるというのです?」

「長岡である」

「長岡は副都にござりましょう?」

「副都ではない。新都に定める」

新笠は鼓動が高鳴るのを覚えた。早良は立ち上がって詰め寄った。

「兄上は私に副都とおっしゃったではありませぬか。では、なぜ初めから新都とおっしゃらなかったのですか!」

「ならば、新都にすると言えば、果たしてそなたは同意したであろうか？」

と、桓武は冷静にきいた。

「しかし、私は副都ということで南都の寺院に通達をいたしておるのです！」

「新都に替わった、と言えばいいだけの話ではないか」

しばらく沈黙がつづいた。

「……この平城京はどうなさるおつもりですか？」

「むろん、壊す」

「壊す？」

「平城宮の資材を移築して長岡宮に正殿をつくる」

「……血と涙によって七十年にわたって守られてきた皇魂の平城宮を破壊するとなると、歴代の天皇の咎めを受けるやもしれませぬぞ」

「これまでも飛鳥浄御原京から近江大津京、藤原京、平城京へと遷都されてきた歴史があるのだから、そのようなことはあり得ぬ。その上、この平城京は水陸交通の便も悪い。淀川水系に面した長岡なら臭い匂いもなくなり、国家の威信も外国に示すことができる。新政に向けての意識を変えるために勇気をもって行動する」

と、桓武の強い口調に、早良は目を伏せたまま何も言わなかった。

「次に蝦夷征伐である。歴代の天皇が蝦夷の攻略に取り組まれたが、いまだに平定できていない。これは兵力が弱いからである。父上も兵農分離は進められたが、さらに武芸の鍛錬を積み、弓馬に秀でた健児のみを選抜する。一般の百姓らが負担していた兵役の任務を解消することで、農業に専念する農民の数を増やす」

「もう一つは寺院改革である。長岡に新都が完成したら、南都寺院の移転はすべて禁止する。東大寺も興福寺も大安寺も法隆寺も、すべて長岡京への移築は許さぬ。そのことをつたえよ」

追い打ちをかけるような言葉に、早良はあきれたように言った。

「副都が新都になり、移転まで禁じれば南都の寺院が黙っているわけがありませぬ。乱が起こるやも知れませぬ！」

「そのときは武力をもって鎮圧するまで。よって、そうならぬよう説得するのだ。そなたは皇太子。天皇の命令に忠実に動け。頭などいらぬ。手だけ貸せばよい」

と、辛辣（しんらつ）に言い放った。ここで新笠は早良を弁護する。

「帝よ、それでは皇太子としての早良の顔が立ちませぬ。すでに副都ということで大寺院に説明をしているのでござります。その上、新都への移転も認められぬということになれば、早良は虚妄（こもう）の罪を重ねることになります」

京下には数千人の僧侶がいた。早良が裏切り者の汚名を浴びることは疑いの余地がなかった。

「いいえ母上、皇太子は天皇を補佐するのが務め。早良はもはや僧ではなく、皇太子でございますぞ」

早良は黙って顔を伏せていた。

「どうだ、早良よ。新政を成し遂げるために悪者になってはくれぬか」

すると、視線を落としたまま、涙交じりに早良は言った。

「なにゆえ、兄上はそれほどまでに平城宮や南都の寺々を嫌われるのでございますか……」

「聖武天皇、孝謙天皇、淳仁天皇、称徳天皇と長く寺院庇護の政権がつづいて以来、寺院は膨大な領地をもつようになった。また、皇族や貴族と手を組んで勢力を増大させ、政治にまで口をはさんでいる。さらには直近の平城京下は正式の授戒も受けていない私度僧(しどそう)があふれ、淫らな尼僧も増えているという噂だ」

そう言ったあと、一転して桓武は穏やかな口調で言った。

「早良よ、そもそも私がなぜそこまでして新政を実現しようとしているかわかるか?」

早良は蒼ざめたまま何も答えなかった。

「よいか、新羅や唐の動向を踏まえて国の未来に備えねばならぬのだ。堕落し、学問仏教化した今の仏教のままではとうてい国も守れぬ。これからは斬新な唐の仏教を導入する」

そして言う。

「歴代の天皇がやれなかったことをやるのが革命の新政である。とにかく今年の十一月一日に遷都を宣言することにする」

もう残り五か月しかない。

「……それは無理がござりましょう」

と、新笠は言った。

「いや、仮殿のままで遷都宣言を出します。とにかく十一月一日までに後宮も春宮も引っ越ししなければならぬ。母上も早良もそのつもりでいよ」

それだけ言うと、桓武は席を立った。ふたりはぽつんと後に残された。

新笠は早良に言う。

「これ以上、帝の命令に逆らうことはできませせぬ。つらいかもしれませぬが、このことを寺々につたえねばなりませぬ。隠遁のお話はくれぐれも長岡宮が完成してからになされよ。そうすればすっきりする」

早良は肩を落として帰っていった。そして十一月一日、桓武は予定どおり長岡京への遷都宣言を下した。

翌、延暦四年（七八五）の九月、朝原内親王が斎王として伊勢に向かうことになった。朝原は桓武と酒人夫人との間に生まれた皇女であった。桓武は平城宮に行幸し、文武百官を従えると、伊勢国との国境近くまで見送りに出かけた。

「もうすぐ寒くなる。身体を愛えよ。離れていてもそなたのことを想う気持ちは、東に飛ぶ鳥にも雲にも託してつたえたい。そなたも伊勢の神々に長岡新宮の発展を祈ってほしい」

朝原はまだ六歳とあどけない内親王であったが、いったん斎王となれば原則として天皇が交代するまで伊勢にとどまらねばならない。朝原は警護の家臣、乳母や女官に付き添われると、しずしずと伊勢へと下っていった。横では朝原の母の酒人が涙をためて見送っていた。さすがの桓武も涙を堪えていた。

こうして見送りを終えた桓武は、翌日からしばらく交野（かたの）の鷹狩りに足を延ばしていた。ところが二十四日の未明、ひとりの侍従があわてて寝所を訪ねてきた。

「一大事にござります。藤原種継どのが亡くなられたとの報が早馬で届きました」

夜を徹して長岡宮大極殿の突貫工事の現場を視察していた種継が、何者かに頭を矢で射られたというのである。交野と長岡京の距離はそう離れていない。すぐに桓武は兵衛府(ひょうえふ)の臣下を率いて馬を飛ばして長岡宮に戻った。が、種継の頭には二本の矢が射ぬかれ、すでにこと切れていた。

桓武は怒った。

「誰が殺ったか、即刻調べるのじゃ!」

命令を受けた兵部省の役人たちは直ちに内偵を進めた。すると翌朝、八人の男たちが捕縛され、その報告が桓武のもとに届いた。

「一味は大伴継人(つぐひと)、大伴竹良(ちくら)、大伴真麻呂(ままろ)、大伴湊麻呂(みなとまろ)、多治比浜人(はまひと)、佐伯高成(たかなり)、そして伯耆桴麻呂(ほうきのふまろ)と牡鹿木積麻呂(めかぎのせきまろ)であることが判明いたしました」

「主謀者は?」

「大伴継人と大伴竹良にございます」

継人は左少弁という判官(はんがん)、竹良は右衛門大尉(うえもんのたいじょう)。つまり桓武の近衛兵であった。

(やはり大伴一族か……)

「種継を殺った理由は何じゃ?」

「家持を蝦夷に追いやったことに対する不満、副都建設と称して新都建設に転じた嘘妄(うそ)

が許せなかった、と自白したそうでございます」

結果、大伴一族の氏上（族長）であった大伴継人、大伴竹良をはじめとする八人はその日のうちに斬首刑。春宮少進の佐伯高成も斬首、春宮主書首の多治比浜人も斬首。そして実行犯であった近衛の伯耆桴麻呂と中衛の牡鹿木積麻呂のふたりは公開処刑の上で首を斬られた。その他、春宮亮の紀白麻呂などは流罪に処せられた。多くは早良の春宮職員、東大寺関係者であることが判明した。

嫌疑は大伴一族の前氏上の大伴家持にも及んだ。この事件から二十日前に家持は老衰のために卒去していたが、朝廷は生前にさかのぼって家持の官位のすべてを経歴から抹消する処分を下した。

ただ、容疑者はそれだけでは終わらず、桓武の姉・能登の長男である五百枝王にも及んだ。このとき五百枝王は二十五歳。桓武の身辺を守る右兵衛督であり、大伴竹良の上役であった。ところが、新笠はさらに思いもかけない報告を受けた。

「早良皇太子も捕縛されました。乙訓寺に幽閉されておられるそうです」

新笠は全身から血の気が引くのを感じた。一方、議政官会議の場では、右大臣の藤原是公が早良のことを弁護した。

「皇太子は謀反に直接加担なさったわけではありませぬ。よって不問でよろしいではありませぬか」

しかし、中納言・藤原小黒麻呂はこれに反論する。

「謀反に加担しておられなくても、皇太子も彼らが犯行に及ぶことをきいておられたという自白を得ているのです。かりにその自白が虚偽であったとしても、これだけの春宮の職員が犯行に絡んでいるのです。皇太子としての監督責任を免れることはできませぬ」

長岡京遷都を推進した同志として種継と仲が良かった小黒麻呂は、同じ中納言の親友を失ったことから、激しい剣幕で是公の意見に反対した。


その日の昼、新笠は桓武がいる朝堂院に出向いた。桓武は議政官会議の休憩時間をぬって、新笠と別室で会った。

「帝よ、これはきっと何かのまちがいであろう。早良が謀反を起こすなどまったく考えられぬ」

「刑部省の取り調べの結果です」

「早良は懸命に南都の寺院に説得をつづけてきたのです。五百枝王も右兵衛督として厚い忠誠心をもっていた。しかもふたりとも天皇の身内。天皇に反旗を翻すなどとはとうてい考えられぬことです」

「しかし、一味のほとんどは早良の春宮の部下。その部下が皇太子も犯行計画を知っていたと自白したのです」

早良と家持の関係に桓武が疑問をもっていたのはそれなりの理由があった。家持は川継の乱に連座して解官されていたが、復任して蝦夷征伐の将軍として東北に出向くことが内定したとき、早良が弁護したことがあった。

「帝よ、家持は高齢でございます。都に残してあげるわけにはまいりませぬか……」

しかし、桓武は受け入れない。

「議政官の決定をくつがえすわけにはいかぬ」

「しかし、兄上は藤原魚名のときも勅断によって左遷されました」

「それはどういう意味であるか。このたびも勅断を下して変更せよ、とでも言いたいつもりか？」

「できればそうしていただけませぬか。六十六歳という高齢では、陸奥の寒さは厳しいものがありましょう」

「そなたには大伴家持の魂胆が見えていないと見える」

「家持は悪人ではございませぬ」

「表にはそう見えるが、『奸臣は忠臣に似たり』という。あやつはうまく政権に取り入り、じつは自分の実利のみを考えている男だ。そなたを動かして謀反を企んでいると言いふらす者もいる。信用ならぬ」

「かりにも私は皇太子にござります。そのようなことは決していたしませぬ、家持が何を言おうと、私が帝を裏切ることは断じてありませぬ」

「そなたは甘い。先帝との誼もあって家持をそなたの春宮大夫にしたが、あやつは落ちぶれた大伴勢力を回復する野望をもっている。もう決定したことじゃ。翻すことはできぬ」

家持が陸奥に向けて出発したときは平城京、帰ってきたときは長岡京。帰京の際に家持は長岡京に大極殿が建立されているのを見て嘆き、桓武の専横を不服に思っていたという。

しかし、新笠は言った。

「帝は弟よりも謀反者の自白を信用なさるというのですか！」

「部下に不忠の動きがあることを知っていたなら、早良は一命をかけて阻止すべきでした。計画が実行されたということは、それを黙認していたとしか言いようがありませぬ。監督責任だけを問うても皇太子の罪は免れることはできませぬ」

「では、五百枝王は！」

「五百枝王は右兵衛督として私を護衛すべき立場にありました。また、家持との歌詠み仲間。これも疑われてもやむを得ませぬ」

「しかし、謀反人の自白や推測で捕縛するのはどうにも合点がまいらぬ」

「刑部省の判断でございます」

「では、せめて帝が直接、ふたりの弁明だけでもおききになっていただけぬか」

「それはできませぬ」

「できぬ？　ならば私が会う」

「なりませぬ。公私の別をおわきまえください」

乙訓寺は長岡宮の目と鼻の先、三条の条間小路にあるというのに桓武は制止した。

「では、ふたりはどうなるのですか？」

「先ほど議政官会議によって流罪が決定いたしました」

「流罪！　どこへ」

と、新笠は目を丸くした。

「五百枝王は伊予、早良は淡路島に決まりました」

「いつ？」

「五百枝王は今日の夕刻、早良は二十八日です」

新笠は愕然となった。

「そのお裁きはあまりにも早すぎるではありませぬか。なぜそのように急ぐ必要があるのです」

「それも刑部省が判断したことでござります」

しばらくながれた無言の時間を割いて新笠は言った。

「帝よ、この事件は早良と天皇の仲を裂こうする誰かの陰謀にちがいない。帝から寵愛を受けている種継を殺し、早良と五百枝王を追いやり、天智系皇胤（こういん）を裂こうと画策している者がいる」

「それが大伴家持なのです」

「では、家持どのにきけばよい」

「すでに亡くなっているようです」

「亡くなった?」

「ともかく、家持の件については幾度も早良に注意を喚起していたのです。にもかかわらず、このような事態を招いた。ふたりが国策として決定したことに反感をもっていたことが明らかになった以上、謀反行為と言わざるを得ませぬ」

「なぜ、帝はそのように簡単に切り捨てられるのか。五百枝王はそなたの甥、早良はそなたの弟。われらは家族ではありませぬか。なぜ温情をかけぬ！」

「情にながされるわけにはまいりませぬ」

と、桓武は言った。

ここで新笠は怒りが込み上げてきた。

「そなたは肉親の情などもち合わせていないというのか！」

「母上よ、たしかにわれらは家族。早良も五百枝王も血を分けた肉親。温情の裁きがあって当然かもしれませぬ。しかしそれはできぬのです」

「なにゆえじゃ！」

「私の新政の根本には律令国家の再生があります。これまでの天皇は自らが律令を破り、それを朝廷は許してまいりました。もし私が肉親の情にながされて法と正義を失えば臣下に対する示しがつかず、新政への緊張感も失われてしまいます。天皇は公人。すべては律にもとづいて裁かれるべきです。これ以上申し上げることはない」

だが、新笠は涙をながしてすがりつく。

「帝はふたりのことより種継のほうが大事とでも申されるのか……」

しかし、桓武はその手を払い、朝堂院へ戻って行った。

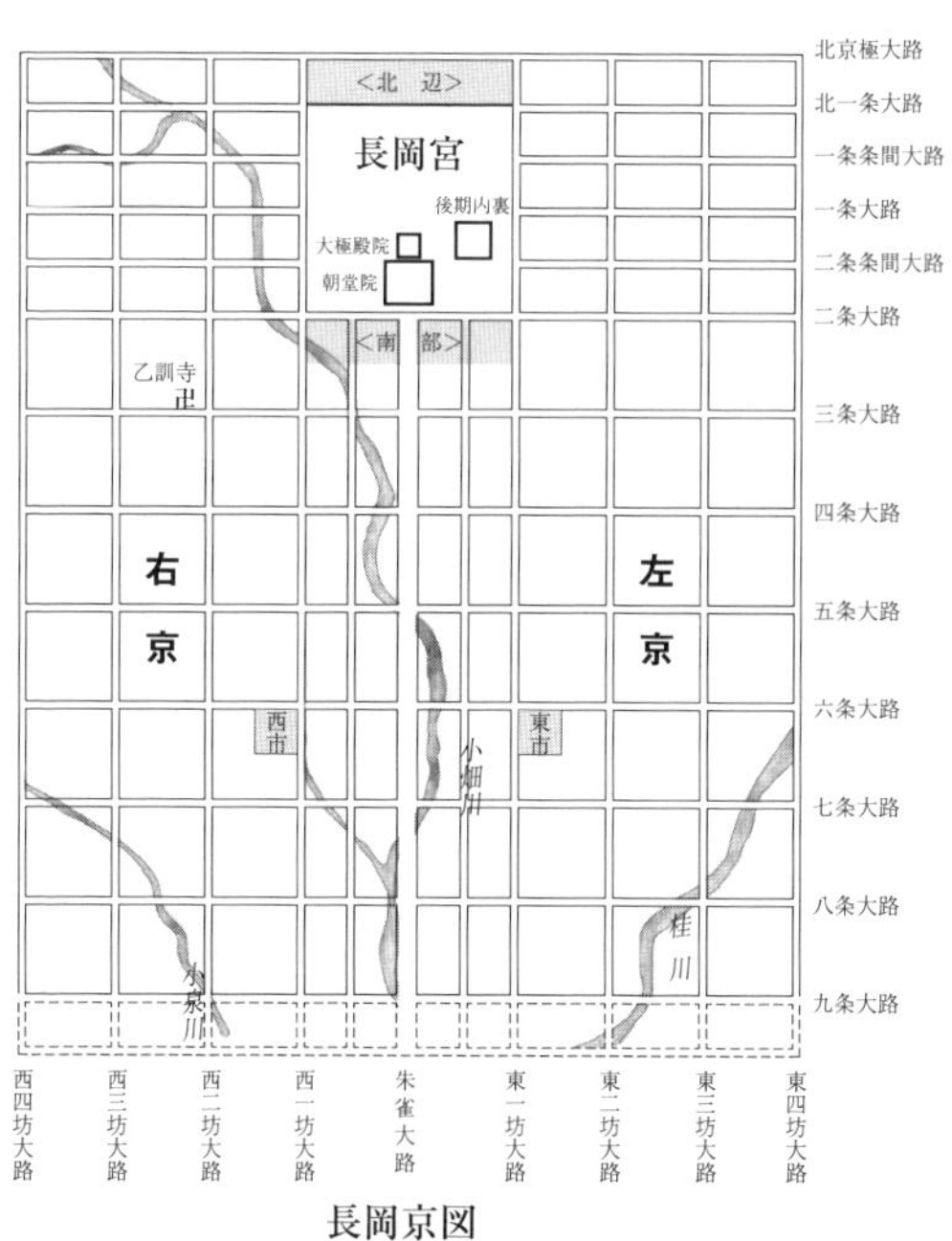

長岡京図

その日の夕刻、新笠は獄牢から出てきた五百枝王に涙ながらに語った。

「能登がそなたのことを見守ってくれるはずです。そのうち御赦免になる日もやって来ましょう。その日まで私も神仏に祈りつづけます。ご辛抱しなされ」

五百枝王は宮城の前を流れる小畑川の船着き場に準備されていた流罪舟のなかから、泣きながら新笠に手を合わせた。

一方の早良は、暗い乙訓寺の御堂のなかで観世音菩薩の前に坐ったまま、三日、四日と出される食事にも手をつけなかった。早良は捕縛されてからすぐ東大寺に書状を送っていた。犯行者のなかに東大寺の関係者もふくまれていたので、無実を証明してもらおうとしたが返事は来なかった。

右大臣の藤原是公が桓武に言った。

「流罪は明日に迫ってまいりました。今なら間に合います。せめて一目だけでもお会いになるべきでございましょう」

さすがの小黒麻呂も勧める。

「……淡路はこれから寒くなります。帝にとっては、ただおひとりの弟君でございます。お会いになられるべきと存じまする」

「いや、私情にながされそうな自分がいる。会わぬほうがよい」

そう言って、そっと桓武は涙をぬぐった。

いよいよ早良の淡路流罪の日が訪れた。宮内卿・石川垣守（いしかわのかきもり）が乙訓寺の門を開いて入ってくると、淡々と書状を読み上げた。

「早良皇太子、淡路へ流刑に処す」

新笠は早良の顔を一目だけでも見たいと、内裏（だいり）から小走りに小路を抜け、乙訓寺の門前で待ったが、厳重な監視のため門内に入ることは許されなかった。やがて本堂の扉がきしんだ音を立てて開く。わずかに早良の姿は見えたが、すぐに罪人籠に入れられてしまった。

しだいに籠が近づいてくると、早良の身体は痩せ細り、伸び放題の髭で見る影もなく衰えている。

（これが、あの早良か……）

かつて鮮やかな朝服に身を包み、漆でしつらえられた烏帽子をかぶり、透きとおるような肌に香をただよわせていた面影はまったく消え失せている。四条大路の門前にはたくさんの野次馬たちがあつまっていた。弾正台（だんじょうだい）の役人たちは野次馬たちを近づけまいと警棒で後ろに下がらせたが、新笠はそれをすり抜けて罪人籠にすがり寄った。

「早良よ、早良よ」

と何度も声をかけた。

「なぜ黙っているのですか。声を出して……」

籠を揺さぶりながら叫んだ。が、早良はまるで死人のようにぐったりとしていて反応を示さない。それでも新笠は船着き場に送られる早良の横に付いて行った。声をかけようとして籠に寄り添おうとしても、役人は無常にも過ぎ去っていく。

「ここにおられるのは天皇の母君でござりますぞ。少しだけお待ちくだされ！」

と、足羽が隊列の前で手をひろげて泣きながら声を張り上げた。その声をきいて不憫（ふびん）に思ったのか、役人の長が部下に言った。

「しばし用を足してくる。ここで少し待っておれ」

路上に置かれた早良に新笠はすがり寄ると、籠の編み目から手を伸ばして肩を揺すった。

「早良よ、きこえますか？」

わずかに意識を取り戻したのか、早良はかすかに笑った。

「早良よ、しばらくの辛抱じゃ。そのうち兄上が必ず御赦免してくださるはずです。そのときは私とふたりで斑鳩に帰りましょう。あの地で静かに暮らしましょう。それまで気をしっかりもつのですよ……」

最後は声にならなかった。それでも早良の反応はなかった。

役人の長が戻ってくると、ふたたび罪人籠は渡し場へ向かって進んでいく。新笠も追いかけたが、疲れ果ててしまい路上に坐り込んでしまった。

しばらくすると早良が高瀬橋の辺りの舟中で絶命したという情報がつたわってきた。早良は皇太子となって四年。三十五歳の短い生涯を閉じてしまった。

闇に浮かぶ虹

早良がいなくなってから新笠は眠ることができなくなり、何度も何度も同じことを思い出しては後悔していた。自分に早良の還俗（げんぞく）を止められたかと考えると、光仁の苦悩を知るがゆえにそれはできないことであった。

もし、早良が出家することなく、斑鳩の地でひっそり暮らしていたらとも考える。貧しくとも妻を娶り、子をもうけ、ゆらりとした平穏な人生が待ち受けていたかもしれない。が、この結末の最大の原因は、自分が受ける差別と偏見の悲しみを家族の出世でおぎなおうとしたことにあるように思われてならなかった。

（子どもたちに屈辱を味わわせたくないと考えたことが、結果としてこのような闇の世界に追いやってしまった……）

何度も自分を責めるうちに、新笠は発狂寸前の状態に陥った。

それでも、約束を果たせなかった謝罪を光仁にしなければならないとの一念で、新笠は広岡山陵に詣でることにした。このとき、新笠は「ぶす」を持参した。その根を煎じて呑むと、即座に死に至るという猛毒の野草である。

かつて母の真姝からは、自殺をした者は救われない場所へ逝くと教えられていたが、堕ちる場所が闇であろうと、地獄であろうと、現世も闇。新笠はぶすを小さな竹筒に流し込むと、足羽とわずかな供を従え、輿に乗って広岡山陵をめざした。山陵の門前に着くと足羽は涙声で侍者に告げた。

「そなたたちは、ここで待っていてくだされ」

そして新笠の手を引いて石段を登った。早良が亡くなってからというもの、足羽もずっと泣きどおしであったが、この日も石段を登りながらすすり泣いている。陵（みささぎ）の前に着くと新笠は足羽に言った。

「そのように、いつまでも泣くものでない。お水がいる。侍者の誰かに山水を汲んでくるようつたえておくれ」

「わかりました……」

と、足羽は涙をふきながらふたたび陵門に下って行った。

ひとりになった新笠は手を合わせて光仁に詫びると、懐から竹筒を取り出した。ところが、そのとき一陣の風が山陵から吹き下り、白い影が新笠の前に立った。

「やめよ……」

白い輪郭の中から何者かの声がきこえると、新笠はそのまま崩れ落ちた。気がつくと、目の前に涙をながす足羽の顔があった。しかし、ふたたび意識を失うと長岡宮西殿の部屋でめざめた。新笠は死ねなかったのであった。


早良が去ってから七日目の昼下がり――。

新笠は長岡宮の内裏西殿の回廊に出て、呆然と蓮池を見下ろしている。とうに枯れてしまった茶色の枯れ葉が寒々と水面で震えていた。

(蓮は来年にはまた花を咲かす。でも、もう早良は戻ってこない……)

そのとき足羽がつたえに来た。

「新笠さま、芳順さまがお見舞いに来てくださいました」

と、足羽は大きな声でつたえてから芳順に語った。

「このところ、新笠さまは時々意識が朦朧となられるのです。原因がわからず医師も困っております。おいたわしくてなりませぬ……」

と、泣いた。

芳順は涙をぬぐって言った。

「新笠さま、芳順にござります」

新笠は芳順の顔を見ると、どっと涙をあふれさせたが、その新笠を芳順は抱きしめながら言った。

「さすがに早良皇太子でござりました。ご立派な最期を遂げられました」

「私のせいで早良を死なせてしまったのですぞ……」

と、新笠はつぶやいた。

「いいえ、幼子ならいざ知らず、新笠さまに母としての責任などどこにござりましょう。そう思わせるのは煩悩にござります。親が先、子が後と思うのは煩悩の迷い。死はいずれ誰もがたどる道なのです。お気をしっかり。新笠さまらしくありませぬ！」

そのとき足羽が目を真っ赤に腫らしながら言った。

「あ、あそこに虹霓（こうげい）が見えます……」

足羽が指をさした方向を見ると大極殿の上に虹がかかっていた。

ここで新笠が急に叫んだ。

「ああ、あそこに光仁さまと早良が……」

新笠は虹の中に幻想を見ていた。足羽は新笠の気がちがったと思い、あわてて寄り添おうとしたが、芳順は目配せして新笠の身体を抱きしめると、虹を見上げながら言った。

「そう、光仁太上帝、早良皇太子、凛々しいお姿で虹の架け橋を渡っておられます」

「光仁さま、申し訳ございませぬ」

と、大粒の涙をこぼす新笠に空を指さして芳順は言う。

「そのようなことはございませぬ。耳を澄ましてよくおききなされませ。ほら、そんなことはない、よくやったと光仁さまも言っておられますよ」

そして芳順は言った。

「この現世が闇の世であっても、聖武天皇も光明皇后も、称徳天皇も、光仁天皇も、そして早良皇太子も、ご自分の信念の虹の橋に昇られたのです」

「なれど、みなさまが悲運の道をたどられたではありませぬか」

「いいえ、目的を果たせずして命を閉じようとも、自分の信じる道を歩めたならば、それは悲運ではないのです。悲運とは欲深い人間の末路のことをいうのです。早良皇太子は悲運ではなく、虹の光の道に入られたのです。生も死もない光の世界に帰られたのです」

「……もう私はこのような闇の世で生きていたくありませぬ」

「いいえ、闇の世であっても、人は生きていかねばならない。生きている間は死ぬまで生きねばならないのです」

しばらく無言の時間がながれた。

新笠は立ち上がるとゆっくり長岡宮の西殿に戻って行ったが、煩悩のしばりから離れることの難しさを思った。

年が明けて春が来ると、足羽の間の抜けた失敗にも笑顔が込み上げてくるほど、新笠は復調した。元気を取り戻すと、自分の病気平癒を芳順が観世音菩薩へ立願してくれていたこともあって、法華寺(ほっけじ)へお礼参りに行くことにした。

準備された輿に乗って数人の女官と足羽をともないながら長岡宮を下ると、ようやく平城宮に着いた。ここでかつての記憶が蘇ってきた。

朱雀門の中には勇壮堅美な大極殿と朝堂院、朱雀門の外から羅城門(らじょうもん)にかけての大路の左右には皇族や高級官僚の館、官吏や資人たちの屋敷が碁盤の目の条坊に建ちならんでいた。馬に揺られながら父の乙継と都に通ってきた少女時代、白壁(しらかべ)王と再会をした雨の日のこと、子育てに追われながら台所に立った日のこと、山部の屋敷や白壁王の館での思い出もうかんできた。

歳月は瞬く間に過ぎ去ってしまったが、新笠は悲喜の糸に紡がれた思い出を光沢ある錦として、心にまとうかのような諦観の気持ちになっていた。都が遷ってからというもの、ほとんどの建物は長岡京へ移築され、わずかな家なみだけがひろがっているが、変わらないのは朱雀大路の街路樹であった。人間のさまざまな声をきいてきた柳の木だけは変わることなく、緑の枝を風に揺らしている。

やっとたどりついた法華寺の境内の甍も昔と変わらず、春の夕日に静かな影を落としている。門をくぐると、すぐに懐かしい栴檀の香がただよってきた。新笠は心のふるさとに帰ってきたような心もちだった。足羽が庫裡の前で声をかけた。

「もうし、もうし。芳順さまはおいでにございますか?」

「おいでなさいませ」

若い尼僧が出てくると、新笠と後ろに控える女官を見てあわてて報告に行く。芳順が小走りに出てきた。突然の来訪に驚いた芳順は、新笠の肩を抱いて涙をながした。

「これは、これは皇太夫人の新笠さまにご無礼をいたしました。お元気なご様子につい嬉しくなったものですから。お許しください」

「いやいや、ありがとうございます。芳順さまもお元気なご様子。なによりでございました」

足羽に手を引かれながら本堂に入ると、新笠は静かに観世音菩薩に手を合わせた。祈り終わると、向き直って笑顔で芳順に手を差し出した。芳順は口元を震わせながら新笠の手を取った。

「あれから新笠さまのことばかりを考えておりました……」

「いろいろご心配をおかけいたしましたが、おかげでこのように元気になりました」

「よかった、安心いたしました」

と、ふたりはつなぎ合った両手を上下に揺すり、子どものように笑い合う。

「都が長岡のほうへ遷ってしもうて、芳順さまはさみしくはござりませぬか？」

「いいえ、これも御仏から与えられた修行と思い変えております」

「そうですか。ならば安心いたしました」

と、新笠は笑う。

「お久しぶりの平城京でござりましょう。道中はいかがでござりましたか？」

「そう、かれこれ三年ぶりでござりましょうか。でも、あまりにもいろいろな思い出が詰まりすぎて、夢を見ているのではないかと自分の頬をつねっておりました」

と、新笠は笑う。

「これまで新笠さまはこの御手で、数々の苦しみを乗り越えておいでになったのですね」

と、芳順は新笠の手に刻まれた細いしわを見て言う。

「いいえ、観世音菩薩さまのおかげで乗り越えることができたのです。煩悩に苛まれるとき、怨みや妬みに思い乱れるとき、悲しみや怒りに心波立つとき、この御前に額づくと、法悦と随喜の光が私の心を照らし出してくださいました」

「人は苦しみから逃れようとしますが、苦しみこそが人を強くしてくれるのかもしれませぬ。さすれば、生きるということは試練なのかもしれませぬ」

と、芳順は言う。

「芳順さまは能登に似ておられますの。いつも私が悩みを打ち明けると能登は静かに耳を傾け、手をとって教えてくれたものです。痛みも苦しみも悩みがあるからこそ思い変える力が大切だと。闇も深くならなければ朝は来ない、とも申しておりました」

「能登さまは私より三つ年下であったと記憶しておりますが、芯がしっかりした女性であられましたね」

そう言って芳順は、自分の袂から小さな袋を取り出した。

「あけてみましょうか」

中からドングリの実が出てきた。

「これは?」

「わたくしが足を怪我してお世話になったとき、寝所で能登さまからいただいたものです。今でもわたくしの大切な宝物になっております」

と、笑った。

「このようなものを今まで……。それにしても能登はどうしてこれを芳順さまに渡したのでしょう？」

「ここに小さな竹を差し込むと、ぐるぐる回ります。軸をまっすぐに立てないと長く回らない、まっすぐに立てると長く回る、と能登さまは説明してくださいました。それ以来、わたくしは気持ちが崩れそうになったとき、このドングリを回しながら自分の心の軸を立て直してまいりました」

「そうでしたか……」

「私には子がおりませぬが、我が子に先立たれるほどつらいことはござりませぬ。でも、長く生きようと短く生きようと時間は関係ありませぬ。心の軸を立てて懸命に生きることができればいいのです。自分なりに……」

と、芳順は微笑をうかべた。

やがて別れの時がやってきた。

「また、いつかお会いしましょうね。あなたさまは平城京、私は長岡京。でも、どんなに離れていても、芳順さまのことは忘れませぬ」

山門を出ると芳順は三人の弟子をともなって門前まで見送ってくれた。新笠は輿に乗ると手をふって、芳順に別れを告げた。

長岡宮の西殿に戻ると、平城宮とはまたちがう美しさがあることに気づいた。あまりに忙しすぎて長岡京のことについて考える余裕もなかったが、春の早朝には東天に紅なす曙の雲がたなびき、夏には桂川や小畑川の水面がまばゆく輝き、秋の夕べには雁の家族が西に飛ぶ光景が見られた。

こうして早良が薨去して一か月後、桓武は十一歳になった安殿親王を立太子させると、高齢者や孝行で節義を守る者、身寄りのない者に物を恵み与えるなど天下に大赦をおこなうことで、中納言・藤原種継の暗殺、早良皇太子の死という血みどろの一年を終わらせた。

それから歳月は瞬く間に過ぎ、晩秋のある日、朝堂院の横の庭先からはずむような若い声が響いてきた。五、六人の若者たちが十五歳になった安殿皇太子をかこんで蹴鞠を楽しんでいた。

「あの赤い朝服のお方はどなたかしら?」

新笠は足羽にきく。

「津真道さまでございます」

真道は安殿親王（後の平城天皇）の立太子に当たって、従五位下に叙せられ、春宮学士に任ぜられていた。

「あの緑の背が高いお方は？」

「たしか坂上田村麻呂（さかのうえのたむらまろ）さま」

田村麻呂は桓武の忠臣として名高く、軍事と造作を支えていた。

「あの安殿の横のお方は？」

「藤原葛野麻呂（かどのまろ）さまでいらっしゃいます」

葛野麻呂は藤原北家、大納言・藤原小黒麻呂の長男として桓武と太政官の間を調整する側近であった。

「みな楽しそうなこと」

「若いっていいですね」

と、足羽も微笑んだ。

幸か不幸か、都が長岡京へ遷ってから平城京の旧廷臣たちは退場し、四、五位クラスの若い官吏たちが沈滞を破って進出していた。特に、多くの渡来系の貴族たちが登用された。長岡宮も仮殿から新殿へと工事が進み、新政の象徴となりつつあった。

その一方で、桓武は新政にたずさわる官吏たちの意識を正すため、地方の国司、郡司にも賞善罰悪の姿勢で臨んだ。そして健児（こんでい）の検閲を強化するなど、軍事面にも一層の力を注いでいた。

そんなある日、西殿に桓武がやって来た。

「どうやらお元気になられたようですね」

と、桓武が笑顔を見せた。少し余裕を取り戻しているようであった。

「おかげさまで……」

「それはよかった。安心いたしました」

新笠は言った。

「新しい皇太子、若い家臣のみなさま、美しい都。畏れ多くも、この長岡京に都を遷された帝に先見の明を感じております……」

桓武は言った。

「母上、早良が薨去してから四年。私がめざす新政について十分な説明をしなかったことが悔やまれてなりませぬ。特に、遷都については胸襟をひらいて話し合うべきでした。あのころの私には気負いがありました」

「気負い？」

「天武系から天智系への皇統交替により、天武系の皇都、東大寺勢力の基盤であった平城京を一刻も早く捨てねばならないという焦りが先んじてしまったようです」

「いいえ、そのお気持ちは早良も理解していることでござりましょう。ただ、私にも帝にお詫びをしなければならないことがござります」

「何のことでござりますか？」

「私は帝のことを誤解していたようです。帝のお気持ちもわからないというのに、人間の正道のみを強調してまいりました。儒教の理想を教え込まれたあまりか、現実を知らない狭い考えだったと反省しております」

「いや、儒教そのものは尊い教えです。ただ、私にとってそれを現実に活かすことはとても難しいものがありました。儒学は官吏の思想統一の手段にすぎませぬ。これらを読誦し、暗記することだけを教えられても、なまの人間には通じないことを思い知らされていたのです」

「そういえば、理想に至るためには段階があるとおっしゃっていましたね」

「私は人を信じられなくなっていました。表を飾り、内実は欲で塗り固められた人間ばかりのように思うと、誰を信じていいのかわからなくなっていました。そのころ百川と出逢いました。百川は水田を指さして教えてくれたことがありました」

「水田？」

「汚れなければ苗は植えられぬ、と言ったのです」

と、桓武は言った。

「米は多くの人間の命を助けます。しかし、その米をつくるためには誰かが水田に入って汚れる仕事をやらねばならない。自分は私利私欲のためではなく、この国のために汚れる、私の腹心になると言ってくれました」

「そうでしたか……」

「自分が正しいと思ったら覚悟を決めてまっすぐに道を歩め、とも母上は叱ってくださった。人間としての正道を踏み外してはならぬともおっしゃいました。そこで私は汚れることなく正義を貫く方法を考えました。それは百川を超えることだったのです」

「百川を超える?」

「百川が私を利用して藤原式家の繁栄を図ろうとするのなら、私も百川を利用しようと決めたのです。どのような理想国家像があろうと、天智系の皇位の基盤が弱い現実では何もできない。百川が私のために何を考え、どのようなことをしたのかは存じませぬが、正義は知恵がともなわなければ全うできぬと考えたのです」

「正しい者が悪人に負けない生き方というのは難しいことですね。正義とか信念という言葉だけでは通じない世界。それが現実かもしれませせぬ」

さらに桓武は言った。

「私は天皇になったとき、自分が思い描く国づくりをしたい、自分の信念に正直に、忠実に生きていきたいと考えました。早良や種継には申し訳ないことをしましたが、ただあの種継事件によって敵対勢力を押し出す理由ができたことはまちがいありませぬ。その結果、厳しく大伴一派を断罪したからこそ、早良を私情で助けることができなかったのです。母上、お許しください」

と、桓武は頭を下げた。

「そんな帝のお気持ちも知らず……」

「いいえ、それはもういいのです、母上とはいろいろなことがありましたが、やはり親子の縁は切れませぬ。腹が立つ一方で、どこかに母上のことを案じる自分がいることがわかりました」


延暦八年（七八九）十二月――。

体調を悪くした新笠は、自分の人生の幕が閉じられようとしているのを予感していた。しらじらと明け染める東の空から、しんしんと舞い落ちる雪が大地に積もっている。

（死んだら、どこに逝くのだろう）

と、新笠は考える。

いつだったか、そのことを尋ねたとき、芳順は笑った。

「『法華経』には、この世で悪いことをすれば、地獄・餓鬼・畜生の世界で塗炭の苦しみを受けるとされています。その一方で、天上の世界もあると説かれています。命終した瞬間に、百千の天女たちが妓楽を鳴らしながら忉利天という美しい場所に導き、采女たちにかこまれて楽しい生活をすることができるとあります。でも、自分にどういう世界が待っているのか、知っている人は誰もおられませぬ」

そして芳順は言った。

「死後のことも自分の運命も誰もわかりませぬ。わからないことを幾度考えようと、仕方がないことでございます。要は生かされている日々を、自分に忠実に生きることが大切だと思います」

「自分に忠実？」

「天女たちが七宝の冠を頭に戴せてくれて、手を引いて昇天するそうですが、そのためには自分に誇りがなければならない。自分の良心を裏切らず、力いっぱい生きていければ、それは誇りを生むでしょう。空に帰るものは心。そういう生き方ができたあとは光の世界でございましょう」

新笠はこれまで歩んだ世の中のことをふり返った。権力闘争という闇の社会。我欲に翻弄されて憤死した者もあれば、陰謀の渦に巻き込まれて命絶える者もいた。だが、ほとんどは理想の国家像を掲げて夢の虹を追い求めてきた人びとであった。

（では、自分はどうであったか……）

迷いと悲しみの起伏を顧みて、とても理想の生き方ができたとは思えない。ただ、今となってみれば、すべてが愛おしく感じられた。大地の下にいのちは生まれる。花は花として咲き、魚は魚として泳ぐ。どんな苛酷な場所であろうと、その運命は花も魚もあずかり知らないことである。だが、人間は生きる。生き抜くところに輝きがあるように思うのである。

自らの信念で懸命に生きたならば、あとは光の道に入る。大いなる天空の御胸に抱かれるものは生死という肉体の現象を超えた心にある。無念の思いを抱えたままでは御仏の在す浄光の世界には入れない。自分が歩んできた人生に誇りをもつ者だけが浄光の世界に帰るのだ、と新笠は思った。

しばらくして皇后の乙牟漏（おとむろ）が見舞いに訪ねてきてくれた。乙牟漏はずっと体調を崩していた。そのことを女官からきいた新笠は食が進むよう、父・乙継の故郷の王寺（おうじ）にある久度（くど）

神社に立願していた。久度神社は、父の乙継が属していた百済氏族集団が奉斎する食の神・竈の神社であった。

「義母上、寒くはござりませぬか?」

と、乙牟漏は綿入れを新笠の布団の上にかけてくれた。

「これは?」

「帝から頼まれて、わたくしがこしらえたものです」

「帝が?」

「かつて義母上がいつも朝服を仕立てて斑鳩から都まで届けてくださったので、せめてもの恩返しをしたい、とおっしゃっていました」

「お身体が思わしくないというように、このように一針、一針縫ってくださって……」

と、新笠は涙声で手を合わせた。だが、気になるのは乙牟漏のことである。

「ところで、最近のご体調は?」

「……みなさまのおかげで、ずいぶん良くなりました」

と、乙牟漏は笑った。

「安殿は十五、神野はまだ三歳。私のことよりも皇后さまにはご自分のお身体のことを大切にしていただきたい」

「それはお互いに……」

と、乙牟漏は笑った。

新笠は言う。

「そう言えば今朝、私は夢を見ました。光仁さまが若いころの姿でお出ましになり、私の手を引いて庭舟に乗り込もうとなさっていました。遠くからは雅楽がきこえ、水面には桜の花びらがいっぱい浮かんでおりました」

「それは楽しい春の夢でございましたね。夢の中でも庭舟に乗せてくださるとは、義父上はまだ義母上をお慕いになっておられるということでござりましょう」

と、乙牟漏は笑って答える。

「そうかもしれぬ。いつか生まれ変わっても、もう一度一緒になろうと、おっしゃってくださったから……」

「いかがなされます。来世でも光仁太上帝とご夫婦になられますか？」

と、乙牟漏は笑ってきく。

「いろいろ考えたが、呑んだくれの白壁王さまを立ち直らせたのは私なのですから、いまさら他人に渡すわけにもまいりますまい」

「苦労させられたあげく、他人に取られるのはしゃくでございますよね」

乙牟漏はクスッと笑うと、雪を眺めながらつぶやく。

「降りますねえ」

「降りますのう。なにもかも消していくように……」

しばらくして乙牟漏が部屋を出ると、看護に付こうと女官の足羽が入ってきた。

「足羽、なにを泣いておる？」

「いいえ……」

と、足羽は小袖で涙をふく。

「長い間、そなたにも世話になった。ありがとう」

と、新笠が手を合わせると、

「そんなことをおっしゃらないでください」

と、足羽はたまらず泣き出した。

「私が死んだ後でも、そなたのことは皇后さまにお願いしておるので、良き方向に取り計らってくださることでしょう。まだ田舎のご両親を助けてあげねばなりませぬからね」

「……ありがとうございます」

と、足羽は額を床につけて泣いた。

「そなたはよく泣くのう。どこにそんなに涙がたまっておるのか？」

と、新笠はあきれるように笑う。

長岡宮の西殿からは銀色の世界が遠くまでひろがっていた。二日、三日と、新笠は舞い落ちる雪を眺めながら七十九年の人生をふり返る。父の乙継のこと、母の真妹のこと、白壁王との出逢い、子育てに明け暮れた日々、子どもたちにかけた夢、自分の生涯もまた乱世の闇に浮かぶ虹の架け橋であったと思った。

延暦八年（七八九）十二月二十八日、高野新笠は波乱万丈の生涯に幕を下ろした。夫の光仁が亡くなったのはちょうど八年前の十二月二十三日。大葬が終わると、新笠は長岡宮を見下ろす大枝（現・京都市西京区大枝沓掛）の山陵に眠った。新笠が桓武から皇太后の追贈を受けたのは翌年のことであった。

参考文献

『続日本紀（上・中・下）全現代語訳』　宇治谷　孟著　講談社学術文庫
『日本後紀（上・中・下）全現代語訳』　森田　悌著　講談社学術文庫
『萬葉集釋注』　伊藤　博著　集英社文庫
『水鏡全注釈』　金子大麓・松本治久・松村武夫・加藤歌子注釈　新典社
『道教と日本の宮都』　高橋　徹著　人文書院
『藤原氏の正体』　関　裕二著　東京書籍
『日本史小百科　天皇』　児玉幸多編　東京堂出版
『伊勢斎宮と斎王』　榎村寛之著　塙書房
『平城京の風景』　上田正昭監修・千田　稔著　文英堂
『桓武天皇』　井上満郎著　ミネルヴァ書房
『平城京の住宅事情』　近江俊秀著　吉川弘文館
『平城京に暮らす』　馬場　基著　吉川弘文館
『桓武天皇』　村尾次郎著　吉川弘文館
『国史大辞典』　国史大辞典編集委員会編　吉川弘文館

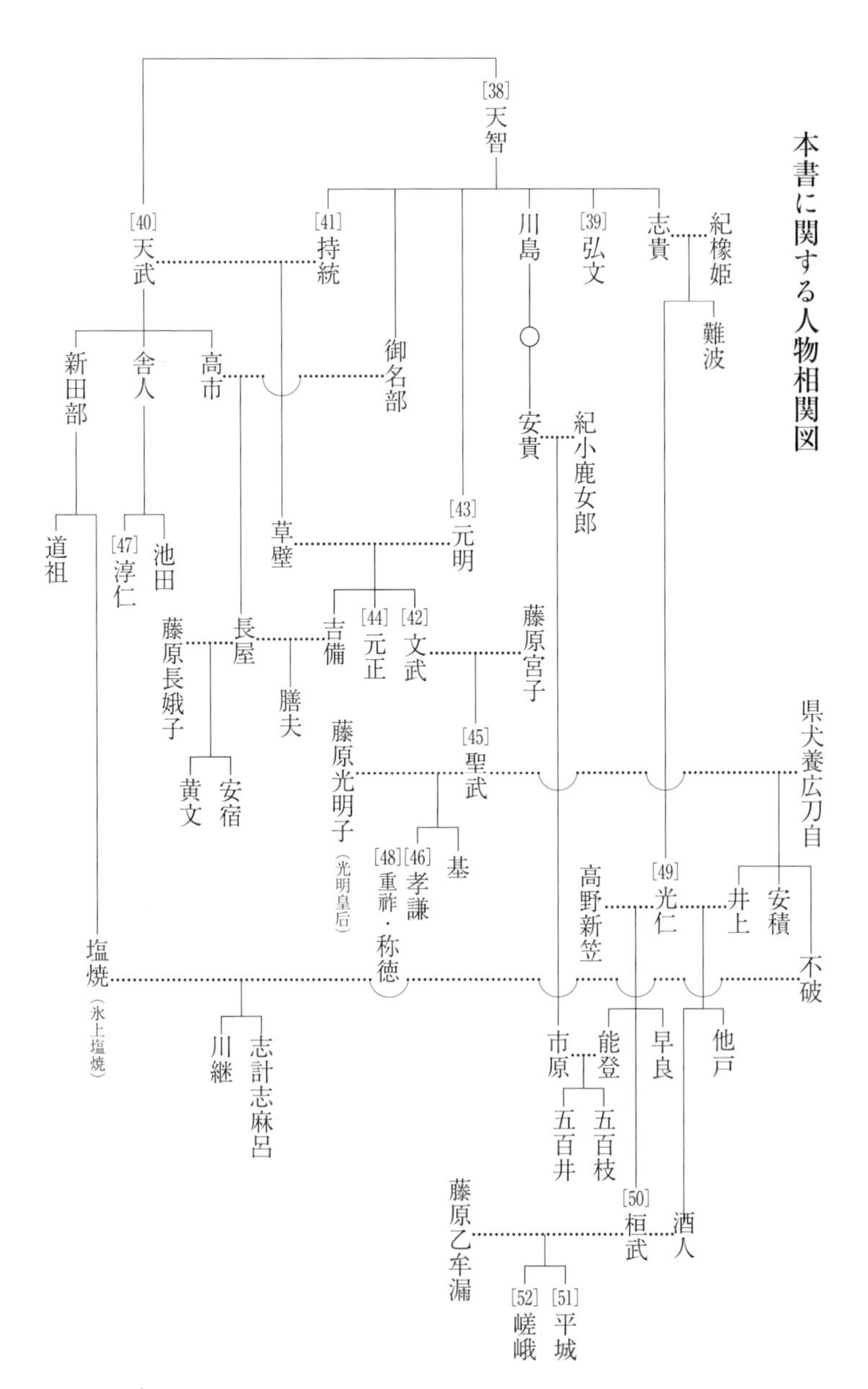
本書に関する人物相関図
[38]天智
[40]天武
[41]持統
御名部
川島
[39]弘文
志貴
紀橡姫
難波
新田部
舎人
高市
安貴
紀小鹿女郎
道祖
[47]淳仁
池田
草壁
[43]元明
藤原長娥子
長屋
吉備
[44]元正
[42]文武
藤原宮子
膳夫
黄文
安宿
藤原光明子（光明皇后）
[45]聖武
県犬養広刀自
[48]重祚・称徳
[46]孝謙
基
高野新笠
[49]光仁
井上
安積
塩焼（氷上塩焼）
不破
川継
志計志麻呂
市原
能登
早良
他戸
五百井
五百枝
藤原乙牟漏
[50]桓武
酒人
[52]嵯峨
[51]平城

本書に関する年表

和暦	西暦	出来事
大化2年	六四六	改新の詔
天智2年	六六三	白村江の戦い
天智8年	六六九	藤原鎌足、死す
天智10年	六七一	天智天皇、崩ず
天武1年	六七二	壬申の乱
天武2年	六七三	天武天皇（大海人皇子）、即位
朱鳥1年	六八六	天武天皇、崩ず
和銅2年	七〇九	白壁王、生まれる
和銅7年	七一四	新笠、生まれる（推定）
天平1年	七二九	左大臣・長屋王自決。藤原光明子、皇后となる（光明皇后）
天平4年	七三二	新笠、白壁王の采女になる
天平9年	七三七	山部、生まれる。藤原不比等の四子、疫病のため相次いで死す
天平12年	七四〇	藤原広嗣の乱。恭仁京に遷都
天平16年	七四四	難波京に遷都
天平17年	七四五	平城京に遷都。法華寺を創建
天平勝宝1年	七四九	孝謙天皇（女帝）、即位
天平勝宝2年	七五〇	早良、生まれる
天平勝宝4年	七五二	東大寺大仏開眼供養

天平勝宝8年	七五六	聖武太上帝、崩ず
天平宝字1年	七五七	橘諸兄、死す。橘奈良麻呂の乱
天平宝字2年	七五八	皇太子・大炊王、即位。淳仁天皇となる
天平宝字4年	七六〇	光明皇太后、崩ず
天平宝字5年	七六一	弓削道鏡、孝謙上皇に接近
天平宝字8年	七六四	恵美押勝（藤原仲麻呂）、誅される
〃	〃	孝謙天皇、重祚。称徳天皇となる
天平神護2年	七六六	道鏡、法王となる
神護景雲4年	七七〇	称徳天皇、崩ず
宝亀1年	〃	白壁王、即位。光仁天皇となる
宝亀3年	七七二	井上皇后、他戸皇太子、廃される
宝亀4年	七七三	山部、立太子
宝亀6年	七七五	井上皇后、他戸皇太子、死す
宝亀10年	七七九	藤原百川、死す
天応1年	七八一	山部皇太子、即位。桓武天皇となる
〃	〃	光仁太上帝、崩ず
延暦3年	七八四	長岡京に遷都
延暦4年	七八五	藤原種継、暗殺される
〃	〃	早良皇太子、廃された後、死す。安殿親王、立太子
延暦8年	七八九	新笠、死す

牛尾日秀（うしお・にっしゅう）
1951（昭和26）年、佐賀県唐津市厳木町に生まれる。
1963年、出家得度。1973年、法政大学社会学部卒業。1988年、獅子王山妙法寺管長就任。2011年にアジア仏教徒協会理事長就任、2017年に退任。著書に『ブッダの真理』（みずすまし舎刊）、『松浦党風雲録 残照の波濤』（みずすまし舎刊）などがある。
海外支援、国際仏教徒交流、青少年育成、講演もおこなっている。

高野新笠の生涯　闇に浮かぶ虹

令和元年5月1日　　第1刷発行

著　　者　牛尾日秀

発 行 所　みずすまし舎
〒813-0003
福岡県福岡市東区香住ケ丘5-9-38
電話 092-400-3616

印刷製本　株式会社 西日本新聞印刷
〒812-0041
福岡県福岡市博多区吉塚8-2-15
電話 092-611-4431